JN086747

 VICTORY NOVELS

極大空母「大和」

❶帝国機動連合艦隊

羅門祐人

電波社

極大空母「大和」(1)——もくじ
帝国機動連合艦隊

プロローグ　一九四三年

「ここまで出てこられては、逃げるわけにもいかんか……」

声を上げたのは山本五十六（やまもといそろく）大将。

いつになく沈鬱な声音だ。

話している相手は宇垣纏（うがきまとめ）機動連合艦隊（MGF）参謀長（少将）。

今日は八月二六日、現在時刻は午前六時。

場所はサイパン島の北北西四〇〇キロ地点。小笠原諸島から見ると、おおよそ南方九〇〇キロほどの海域となる。

そして……。

サイパンから二〇〇キロほど南にあるグアム島の南岸には、いま合衆国海軍の二個空母任務部隊が演習中だ。

二人のいる艦橋は、MGF総旗艦・極大空母『大和』。

空母『大和（やまと）』は、帝国海軍最大の正規空母である。

建艦途中で超弩級戦艦から空母へ設計変更されたのだが、前代未聞の大改装となったせいで、もはや巨大戦艦の面影は微塵もない。

ちなみに僚艦になるはずだった『武蔵（むさし）』は、大和の空母化にともない、設計段階で廃止された（ただし『武蔵』の名称は、現在建艦中／計画中の『越後（えちご）』型正規空母として復活している）。

大和改装の最大の特徴は、第三砲塔の位置で艦体を切断・分離したことだ。

六七メートルも艦体を延長し、もとから巨大だったのがダントツで世界最大の空母となった。

その全長は、なんと三三〇メートル。

改装大型空母『赤城』型が二六五メートルなのだから、その巨大さがわかると言うものだ。それゆえに『極大空母』の愛称が付けられている（むろん分類名は『正規空母』だが）。

大和が所属している艦隊は、空母艦隊に分類される第一航空艦隊。

大和以下、金剛／比叡／榛名／霧島といった改装正規空母五隻で構成されている。

それだけではない。

第一航空艦隊に所属する軽巡や駆逐艦、さらには護衛についている第四水雷戦隊／第四駆逐戦隊の駆逐艦ですら、水上戦闘爆撃機『戦風』を搭載している。

とどのつまりは、帝国海軍の『ナンバーズ艦隊』に所属する全水上艦が航空機搭載艦なのだ（潜水艦隊を除く）。

しかも重巡や軽巡は、後部水上機甲板と一段格納庫を有している。

ちなみに戦艦の後部甲板は艦上機が着艦可能な『飛行甲板』だが、重巡以下の甲板は、水上戦爆機をレール移動させて出撃・収納するための『水上機甲板』のため着艦はできない。

これらのおかげで、航空軽巡でも、一艦につき一二機から一六機もの水上戦爆機を搭載できる（これは航空重巡も同じで一八機から二〇機を搭載。ただし補用を含む）。

新規に設計・建艦された『航空駆逐艦』にも、後部水上機甲板と一段格納庫が設置されている。

そのため新型駆逐艦が搭載できる水上戦爆機は、なんと六機（ただし後部格納庫の容積を確保するため、かなり左右に張り出している。そのせいで見た目には、お世辞にも格好良いとは言えなくなった）。

在来型駆逐艦を改装したものは、さすがに水上機甲板のみで、格納庫の増設は見送られた。そのため在来型の搭載数は、カタパルト上の二機のみとなっている。

　ちなみに、第一航空艦隊に所属している駆逐艦はすべて新型だ。

　そのため第一航空艦隊に所属する水上戦爆機は、驚きの一八八機！（指揮下にある第四水雷戦隊／第四駆逐戦隊を含む）。

　正規空母五隻（大和／金剛／比叡／榛名／霧島）に搭載されている艦上機四六四機を加えると、じつに六五二機もの大航空戦力となる。

　その第一航空艦隊を指揮する山本は、同時に帝国海軍機動連合艦隊司令長官でもある。

　MGFの設置は、一九三六年に日本がロンドン軍縮会議を脱退した直後、山本五十六の提案によって『帝国海軍再編成の波』が訪れたことがきっかけとなっている。

　それまでは戦艦などの水上打撃艦隊を主軸とした連合艦隊だったものを、空母を中心とする高速機動航空艦隊編成に組みなおしたのだ。

　そして……。

　日本は一〇年以上の準備期間を経て、一九四一年一二月八日、英蘭仏豪四ヵ国に対し宣戦布告を行なった。

　いわゆる東亜戦争の始まりである。

　ちなみに……。

のちに合衆国と開戦してからは『大東亜戦争』となり、戦後は『太平洋戦争／第二次世界大戦』と、場合によって使い分けられるようになった。

　大日本帝国は、植民地支配から東南アジアを解放するという建前で、これら四ヵ国に対して宣戦布告した。

　だがアメリカ合衆国に対しては、一九四三年となる現在も徹底した避戦方針を貫いている。

東亜戦争の原因は、合衆国がハルノートを突きつけて、粗鉄と石油の全面禁輸を断行したせいだ。

なので日本の主敵は合衆国のはず……。

しかし帝国政府は、英蘭仏豪四ヵ国に加えて合衆国にまで戦争を仕掛けると、将来的に全面敗北すると判断、合衆国に対しては絶対避戦を貫くことにした。

これはソ連と中国（国民党政府と共産中国軍）に対しても同様で、敵を四ヵ国のみに絞ることで勝利を確実にする大戦略だった。

この大戦略は、山本五十六が提唱したものだ。

それに豊田副武が賛同し、満州の関東軍に手を焼いていた帝国陸軍もしぶしぶ同意した。

のちに判明したことだが、関東軍派と見られていた東条英機までが、内々に山本に賛同したという。

もしかするとこの時点で、関東軍の対ソ主戦派がクーデターを画策していて、それに国内の陸軍首脳部が危機を感じていたのかもしれない。だが真相は、いまだ闇の中だ。

これらの政変により、日本政府内では一気に海軍派が優勢となった。

そうでなければ山本構想は、はかない夢のままだったかもしれない……。

東亜戦争勃発から一年半。

日本は合衆国からの圧力に対し、耐えに耐えた。

その間に、東南アジアにおける英蘭仏豪戦力の大半を駆逐し、当初の目標だったラバウルからマレー半島／仏領インドシナ／英領ボルネオ／マラッカ海峡をふくむスマトラ島を完全制圧した。

すでに英東洋艦隊は存在しない。

開戦早々、正規空母『赤城／天城／加賀／愛宕』を有する第二航空艦隊と、マレー半島にいる海軍陸上航空隊の連携により、大半の東洋艦隊所属艦を撃沈もしくは交戦不能に追いこんだからだ。

現在、東インド洋は日本の制海権内にある。

スマトラ島北端のウェー島に設置した東インド洋艦隊司令部に、第三戦空艦隊（航空戦艦『扶桑（ふそう）／山城（やましろ）』、軽空母『龍鳳（りゅうほう）／神鷹（しんよう）』、その他）が常駐し、現在も着々とセイロン島攻略にむけて準備を行なっている。

ちなみに『戦空艦隊』とは、『空母艦隊』と区別するために付けられた名称だ。

航空戦艦や航空重巡を主体とする『戦闘航空艦隊』の略で、水上打撃艦を中心とする艦隊を指す。

これらの成果を得た一年半の間。

合衆国は、ますます日本に対し苛烈な要求を突きつけるようになった。

その無茶ぶりは度を越している。

ハルノートの内容に加えて、一度は連合国も容認した『欧米と協調しての中国介入』という協定すら無視し、上海における日本勢力の全面撤退要求にまで踏みこんできたのだ。

そして一九四二年に突きつけられた『第二次ハルノート』により、もはや合衆国は日本を完全に敵国と決めつけ、ないし崩し的な開戦を決意したのではないかとの憶測まで流れはじめた。

なぜなら第二次ハルノートには、『満州鉄道の連合国への全面譲渡（表むきは国際連盟への無条件全面委託）とシベリア鉄道との連結』、『太平洋における旧ドイツ領の米英豪への無条件全面譲渡』、『東南アジアからの全軍撤退と宗主国への全面返還』が書かれていたからだ。

このような無理難題を呑めば、戦わずにして日本は、完全に連合国の経済植民地になってしまう。

経済の血液と言われる石油と鉄を全面的に連合国へ依存する。

これは、まさにそういうことなのだ。

しかし日本は驚異的な粘りを見せて、徹底した外交交渉のみで対応、第二次ハルノートの受諾を回避し続けた。

むろん合衆国は、これらの対応を欺瞞と判断している。

その証拠が、米太平洋艦隊の大幅増強である。増強の主力は水上打撃艦だが、日本の空母大増産に釣られて、既存の計画通りの空母だけは完成させている（今後の予定としてエセックス級正規空母と護衛空母の大量建艦計画も開始した）。

そして二個空母任務部隊（第16任務部隊／第17任務部隊）をグアムに常駐させ、旧ドイツ領だったサイパンをいつでも制圧できる布陣を敷いている。

当然日本も、サイパン防衛のため機動連合艦隊をくり出した。

だが帝国海軍は、このような状況に至ってもなお、偶発的な日米戦争が勃発してはならないとして、サイパン北北西四〇〇キロ海域を南下限界点と定めて今日に至っている。

この位置は、グアムにいる米艦隊を刺激しないように、日本側が最大限の配慮を行なった結果のものだった……。


『逃げるわけにはいかない』

そうつぶやいた山本五十六長官に対し、となりに立っている宇垣纏ＭＧＦ参謀長が反応した。

「米領グアムの南岸から一〇キロ地点……あそこは完全に合衆国の領海内ですので、居座られても文句のつけようがありません。

しかし領海内とはいえ、これ見よがしに二個任務部隊も常駐させるのは、大日本帝国に対する挑発に他なりません」

現在は平時のため、領海内で海軍部隊が演習するのは合衆国の専権事項だ。

　つまり、いくら目障りでも阻止できない。

　反対に、公海上で演習している日本艦隊のほうが、どちらかというと挑発している側となる。

「挑発というより、これはもう布告状なき宣戦布告だな。なにしろミッドウェイ方面からも、さらに三個任務部隊が接近中らしい。

　おそらく……グアムの空母が我々に攻撃を仕掛ける直前、東京の米国大使館を通じて宣戦布告がなされるはずだ。

　まずは航空奇襲で我々を叩き、そののち戦艦主体のハワイ方面部隊で決着をつけるつもりだろう。

　これまでは、合衆国が第二次世界大戦に参戦しなかった……いや、我が国が耐えに耐え、外交交渉で時間を稼いだことで、結果的に参戦させなかった。

　だが、もう無理だ。ワシントンの日本大使館が、大統領府と議会に対し東亜戦争に対して介入しないよう説得工作を行なっているが……現時点では、すべての接触を断たれている」

　その時……。

　極大空母『大和』艦橋の後方壁面に設置されている複数の有線電話――艦内各所へ通じる『交換所式電話』のひとつが鳴った。

　すぐに通信参謀が出る。

「第一通信室より連絡。本艦所属の双発偵察機『天雲』一番機より入電。グアム南岸にいる米空母艦隊から艦上機多数が出撃中。同時にグアムの陸上基地からも、多数の陸軍航空機が出撃中とのことです」

　通信参謀が、その場で大声をあげて報告した。

　双発偵察機『天雲（てんうん）』とは、正式名・零式双発長距離偵察機『天雲』という。

　大和の飛行甲板にある四ヵ所の張り出し甲板に

常時係留されている、世界唯一の『艦上双発機』である。

とはいえ、もとは海軍零式陸上攻撃機『大河（たいが）』の機体を流用したものだ。

そのため遠目では、サイパンにいる海軍陸上航空隊所属の『大河』と見分けが付きにくい。

それでもグアムの領空内に侵入するのは戦争行為とみなされるため、現在は領海外へ遠回りして偵察任務をこなしている。

「これは……来ますね」

覚悟を決めたように、宇垣がつぶやく。

米太平洋艦隊の発表では『米陸海軍共同による臨時演習』となっているが、状況が状況だけに警戒を解くわけにはいかない。

「参謀部としては、航空攻撃してくると判断しているのか？　だが距離的にはギリギリだぞ？　グアムにいる米陸軍の双発や四発爆撃機はともかく、南岸にいる米空母の艦上機は、艦戦がＦ２Ａバッファローと Ｆ４Ｆワイルドキャット、艦爆がＳＢ２ＡバッカニアとＳＢＤドーントレス、一部は旧型の複葉機……ＳＢＣヘルダイバーのはずだ。雷撃機はＴＢＤデバステーターだな。

この組みあわせだと、航続距離が六七〇キロと極端に短いＴＢＤに足を引っぱられ、ここまで届かないことになる。なにせ片道三四〇キロ程度だ。

艦戦と艦爆だけの組みあわせで出撃しても、ＳＢＣは九五〇キロしか飛べないから届かない。ＳＢ２ＡとＳＢＤは大丈夫だから、ＳＢＣ抜きで出撃するとしても、Ｆ４Ｆが一二四〇キロしか飛べないから、片道だと六二〇キロ……我々の現在位置では、ギリギリ届いたとしても肝心の交戦時間が足りなくなる」

さすがは航空専門畑を歩んできた山本五十六。並みの航空参謀より知識は豊富だ。

「米海軍も最初から、その想定で布陣していると思いますよ。我々が南下しないかぎり交戦半径に入らない。それが平時の常識というものです」

　宇垣は、あえて先ほどの発言とは矛盾する事を言った。

　米艦上機の航続距離はその通りだが、日本側の艦上機や水上戦爆機は、いまの位置からでも楽勝で攻撃できる。そのことを暗に言いたいらしい。

　つまり米海軍部隊はこの数ヵ月間、一方的に日本艦隊の脅威にさらされながら、グアム南岸に常駐しているのだ。

　これは米側が、『日本は自分から攻撃しない』と判断している証拠である。

　むろん日本から仕掛けたら戦争に突入する。

　それはそれで連合国の総意に従うことだから、合衆国としては『待ってました』というところだろう。

　二個任務部隊と米海軍保有の正規空母の大半を囮にすることにより、合衆国政府は日本から戦争を仕掛けるよう露骨な誘いを行なっているのである。

　しかし日本は誘いに乗らない。

　宇垣の返答には、言外にその意志を貫く覚悟が込められている。

　そして、さらに言葉を重ねた。

「……ということは、米艦隊が攻撃を仕掛けるとなると、いやでも我々は北上するしかありませんね。

　もっとも、空母戦力は我が方が圧倒的ですので、いざ正面から仕掛けたら合衆国側の負けです。もちろんグアムの陸軍航空機も加えると、それなりの戦力にはなりますが……。

　ともあれ……米国から宣戦布告するとなると、直前まで出撃を隠蔽したいところでしょう。布告前に出撃・布告後に攻撃するのが最良の選択ですので、それを大前提にして作戦を組んでいるはずです。

　しかし我々は陸攻に擬装した天雲で、米航空隊の出撃を早期段階において発見しました。もっとも、サイパンの陸上航空基地や水上機基地からも定期的に偵察機を飛ばしていますので、これは時間の問題に過ぎません。

　このことは合衆国側も承知の上ですので、もとから出撃が露呈する大前提で動いていると思うのですが……まあ攻撃直前まで、『これは演習だ』と言い張るつもりなのでしょうね」

　さすがは機動連合艦隊の知恵袋。
作戦に関しては、ＭＧＦ参謀部にかなう者はいない。

「というと？」

　山本は宇垣の領分を犯さないよう、注意しながら聞いた。

「現時点において、まだ日米は開戦していません。なので航空攻撃隊を出撃させても、演習と強弁することができます。これは公海上に展開している我々も同様ですけど。

　おそらく……航続距離が足りない件については、攻撃終了後にグアムの陸上滑走路へ着陸し、給油したのち空母へもどる算段なのでしょう。これならば三〇〇キロ近く稼げますので、我々を交戦半径に入れることが可能となります」

「となると、到達時間は？」

「早ければ、現在時刻より一時間半ほど後になります」

　いまは午前六時三〇分だから、到達時刻は八時頃となる。

「ならば準備はできるな？」

「もちろんです。この時のために、これまで猛訓練させてきたのですから」

「できることなら、合衆国を敵にしたくなかったのだが……相手が攻めてくるのであれば仕方がないし、万が一を考え、そのための作戦も用意してきた。

　宇垣、全艦に通達せよ。米軍航空隊による航空攻撃の可能性が高まっている。全艦、ただちに応戦態勢に入れ。直掩（ちょくえん）機の手配その他はＭＧＦ参謀部に任せる。

　それから米側の攻撃が現実となった場合に備え、全航空攻撃隊は、攻撃予想時刻の二〇分前までに発艦を終了し、航空作戦甲案に従って上空布陣を完了させよ。なお出撃の有無は追って命ずる」

「はっ、ただちに！」

　発令を終えた山本のもとへ、すぐに連絡将校が走ってきた。

「大和第一直掩隊二〇機、そのまま待機します。引き続き第二直掩隊二〇機も上がります。なお指揮下にある全空母も同様とのことです」

　第一航空艦隊の上空には、日常のルーティンに応じ、各艦から出撃した直掩機が張りついている。

　大和の割り当ては二〇機だったため、そのまま直掩を続けさせるらしい。

　それに加えて緊急出撃するのが二〇機。

　合計で大和の直掩は四〇機となるが、それでも別途に航空攻撃隊を出す余裕がある。

　なぜなら……。

　極大空母『大和』が搭載する艦上機は、総数なんと一四四機！

　延長された艦内に特大の二段格納庫を有するため、他の戦艦改装空母である加賀（かが）型（加賀／愛宕（あたご））や赤城型（赤城／天城（あまぎ））の九五機より大幅に多くなったのだ。

　だから一式艦戦『疾風（はやて）』四〇機を直掩に上げて

も、まだ一〇四機も残っている。

「各艦の水上戦爆は、どうしますか？」

　航空参謀から質問された宇垣が、山本へあらためて聞いた。

　直掩機の上空展開が最優先事項のため、その命令が終わるのを待っていたらしい。

「米軍航空隊による攻撃は、後方にいる第二航空艦隊からも支援の艦戦が来る。しかも米軍航空隊は、前方展開している第四戦空艦隊を先に攻撃するはずだ。

　第四戦空艦隊は足の速い航空重巡四隻が主軸だから、少し離れた場所に退避させている改装母艦三隻がいないぶん、存分に走りまわることができる。

　もし第四戦空艦隊を無視してこちらに向かってきたら、手薄になったグアムの飛行場を、第四戦空艦隊に所属する水上戦爆二二四機が破壊するだろう。

　そうなれば、少なくとも米艦上機はもどるすべを失う。だから嫌でも第四戦空艦隊を先に潰そうと画策するはずだ。

　そうなれば今度は、第一／第二航空艦隊に所属する攻撃隊の出番だ。艦上機部隊はすべて米艦隊に当てるから、残りの水上戦爆隊はグアムを攻撃してもらう。そのための事前上空退避だからな」

　山本の予想は、なにも特別なものではない。

まともな作戦立案者なら誰でも考えることだ。

日本は東亜戦争開始よりずっと前から、世界で唯一の『航空最優先主義』を掲げて、大規模な海軍再編成を実行してきた。

　このうち空母戦力となる新型航空母艦（翔鶴型）と最後に空母へ改装された戦艦（金剛型）、そして新型艦上機（一式艦上戦闘機『疾風』／零式艦上爆撃機『極星』／零式艦上攻撃機

『雷山（らいざん）』）については秘密とされていた。

だが、その他の航空各艦については、ある程度の情報開示が行なわれる（平時に極端な情報隠蔽を実施すると、かえって戦争を企てていると勘繰られるため）。

その結果、帝国海軍がすべての水上戦闘艦に火薬式カタパルトを設置し、水上機を多数搭載する航空艦を実戦配備したことも知られている。

ただし……。

東亜戦争開戦前は、『そんなに多数の水上偵察機を搭載するなど、よほど索敵がお好きらしい。偵察しないと夜も眠れないとは、なんと日本海軍は臆病なことよ』と嘲笑の的になったものだ。

だが、東亜戦争の開戦と同時に続々と実戦配備されはじめた新型水上機は、すべて爆弾が搭載可能な水上戦闘爆撃機だったのだ（ただし連合国は、いまだに水偵と勘違いしている。なぜなら海軍の常識だからだ）。

欧米列強が勘違いするのも無理はない。

日本も一九四一年中途までは、『水偵爆』と呼ばれる九七式水上偵察爆撃機だったからだ。

この機は一二五キロ通常爆弾を搭載できるものの、より重い徹甲爆弾の搭載はできず、水平爆撃しかできない。

一二五キロ通常爆弾の水平爆撃では、陸上攻撃や小型艦艇の攻撃には使えても、戦艦や重巡にはほとんど役立たずだ。

そのため各国の海軍も、偵察がてらに小規模爆撃にも兼用できる汎用機と位置付け、脅威の対象とはならなかった。

ところが……。

東亜戦争開戦後の一九四二年初頭。

突如として新型の水上機が実戦配備につきはじめた。

その名を、一式水上戦闘爆撃機『戦風』という。

いまでは水上戦爆『戦風』の愛称で親しまれているる名機だが、それまでの複葉から単翼へと変更しただけでなく、爆装しなければ九六式艦戦に匹敵する戦闘力を有し、爆装すれば強力な二五〇キロ徹甲爆弾を五〇度緩降下で爆撃できる仕様となっている。

これは完全に、世界の水上機の性能を陵駕(りょうが)するものだ。

そして帝国海軍は、その名機をなんと、護衛担当の全艦（水上機母艦／重巡／軽巡／駆逐艦）に搭載したのである。

ただし水戦爆は、どれだけ性能を上げても艦上機には及ばない。

これは事実である。

大きなフロートを二個も翼下にぶらさげているため、どうしても機体性能が落ちる。

しかし、そもそものコンセプトが違うので、これらは問題にならない。

水戦爆は、あくまで一次的な偵察任務と二次的な攻撃任務を担い、攻撃主力は空母の艦上機に任せることが徹底されているからだ。

まず敵艦隊に攻撃を仕掛けるのは、強力無比な空母と航空戦艦の艦上機攻撃隊となる。

そして艦上機の攻撃で反撃能力が低下した敵艦隊や、最初から防空能力に難のある陸上基地などに対し、二次的に水戦爆隊が対処するのである。

これに対し世界各国の海軍は、いまもって大艦巨砲主義のまま。

空母も建艦しているが、それはあくまで水上打撃群を護衛するためのものでしかない。

それでも米海軍などは、いまグアム南岸にいる二個任務部隊のように、機動航空戦を戦える布陣を整えている。

しかしそれでも、各任務部隊に戦艦二隻を配備するなど、まだ中途半端な軍事ドクトリンのままだ。

これらの差異は、大正時代から続いた全世界的な海軍軍縮によって発生した。

そして世界の海軍の中で、巨大戦艦や巨大巡洋艦などの建艦を制限された日本だけが、先んじて大艦巨砲主義からの脱却を果たしたのである。

当時の海軍大学教官だった山本五十六が『航空優先主義』を掲げたことが発端となり、その後、空母赤城艦長／航空本部技術部長／第一航空戦隊司令官／航空本部長を経て、ますます航空優先主義を推進させる原動力となった。

そしてロンドン予備軍縮会議では日本代表として出席し、密かに『航空最優先主義』を企みつつも、世界の海軍が大艦巨砲主義に邁進するよう画策し、日本の航空優先を決定する原動力となったのである。

どうせ軍縮会議では、戦艦などの水上打撃艦は大幅に制約される。

無為無策のまま戦争に突入すれば、英米の主力打撃艦との一騎打ちでは劣勢に立たされるだろう。

なにしろ米海軍は無条件時代以降、日本が中止した大和型戦艦に対抗し、超弩級戦艦モンタナ級を実戦配備したほどだ。

現時点においてモンタナ級は六隻が予定されていて、すでに四隻が実戦配備についている。

英海軍も四八〇〇〇トンのライオン級四隻を計画しており、このうち二隻が就役している。

ならば日本は……。

戦艦は航空戦力で叩き潰す。

日本の戦艦は別用途として、必要最小限を保有するに留(とど)める。

これが帝国海軍の基本方針となった。

「水戦爆隊は、合衆国側の攻撃直前に射出せよ。その後は移動して上空待機。そして戦争条件をクリアすると同時に作戦開始。全艦隊の保有する水戦爆全機を、グアムの陸上基地殲滅に用いる。

ともかく……儂が徹底してきた航空最優先主義の結果が、いま問われようとしている。この戦い、負けるわけにには行かぬのだ！」

山本五十六は大和艦橋において、そう言い放った。

ただし後日談となるが……。

東京の米大使館が日本政府へ宣戦布告状を提出したのは、現在時刻の午前六時三〇分から遅れること一時間三二分後。

八月二六日の午前八時二分だ（ただし合衆国政府の公式発表では午前八時零分となっている）。

合衆国の公文書館による記録では、開戦予定は午前八時の予定となっている。

つまり米大使館による『二分の遅れ』は無かったことにされたらしい。

しかし、そのような些細な出来事とは比べモノにならないほどの重大事が、じつはこの時点で勃発していたのだ。

なんと米航空隊が、宣戦布告より前に攻撃を仕掛けてしまったのである。

攻撃を開始した時刻は、午前七時五〇分。

これはグアム南岸に待機していた米海軍の空母任務部隊が、功を焦って先走ったせいだ。

本来ならグアムの陸上航空隊と合流して、宣戦布告がなされた五分後——午前八時五分に攻撃を開始する予定だった。

だが米艦上攻撃隊の一部が、手柄を先取りすべく速度を上げて先走ってしまった。

わずかな前倒しだが、国際常識からすると宣戦布告前の奇襲攻撃となる。

『卑劣な騙し打ち』のレッテルを張られてしまう。

それは致命的な失態だった。

本来なら正々堂々と宣戦布告したのちの航空攻撃を予定していた。

そのはずが、予期せぬ卑怯な騙し討ちとなってしまったのである。

のちに日本はこの攻撃のことを、『マリアナの奇襲を忘れるな』のスローガンとともに、深く歴史に刻むことになった。

かくして……。

世界の運命を決する日米戦争が、ついに始まったのである。

第一章　日米開戦！

一

一九二二年（大正一〇年）　世界

第一次世界大戦以降、戦勝国となった連合国の五大国（合衆国／英国／日本／フランス／イタリア）は、なおも海軍力を競って増強した。

日本で言えば『八八艦隊計画』がこれに当たる。

だが無節操な建艦計画は国家の財政を疲弊させ、結果的に建艦計画すら遅延させてしまった。

そこで米大統領のウォレン・ハーディングの提案により、戦勝五ヵ国による軍縮を行なうことになった。

ただし……。

表むきこそ艦艇建造費を削減するためとなっているが、実際は第一次大戦後の日本が無視できない勢力として台頭してきたため、それを抑え込むための会議だった。

一九二二年に行なわれたワシントン軍縮会議。

そこでは戦艦の対米比率が五・三に制限された。

巡洋艦の制限は行なわれなかったものの、日本海軍も計画していた多くの戦艦に影響が出た。

建艦途中だった赤城型戦艦は、赤城／天城が空母改装を余儀なくされた。三番艦の愛宕に至っては、建艦途中で岸壁保留（雨ざらし）になってしまった。

同様に、加賀型戦艦は建艦中止。

建艦中だった加賀はスクラップ名目で岸壁保留。

土佐（とさ）／高雄（たかお）は解体処理となった。

赤城／天城の二隻が空母に改装されたのは、空母枠の制限が総量八万一〇〇〇トンに決まったからだ。解体するより戦艦改装の空母に仕立てたほうがマシという、いわば苦肉の策である。

これにより日本の保有する空母は、鳳翔（ほうしょう）／天城／赤城の三艦のみとなった。

つまり戦艦数の制限だけでなく、まだ先の見えない空母まで制限されたことになる。

これはアジアの盟主となるべく邁進していた日本にとって、まったく予期できぬほどの衝撃となった。

しかし欧米列強による日本抑え込みは、これだけでは終わらなかった。

一九三〇年（昭和五年）。

今度は巡洋艦や潜水艦、その他の補助艦艇に対する軍縮条約が締結された。

いわゆるロンドン軍縮会議である。

この会議において日本は、総量規制として対米六・九七五割（約七割）が科せられた。

巡洋艦は総量一〇万四五〇トンまで。備砲は六・一～八インチ以内。

駆逐艦の総量は一〇万五五〇〇トン。備砲五・一インチ以下。排水量は六〇〇～一八五〇トン以内（ただし総量の一六パーセント以内のみ一五〇〇トン以上が可能）。

潜水艦の総量は五万二七〇〇トン。個々の上限は二〇〇〇トン。備砲五・一インチ以下。三艦にかぎり二八〇〇トン／六・一インチが可能となった。

これらの細かい制限の結果、欧米各国は、排水量に比して重武装となるトップヘビー艦の建艦を優先する風潮が出た。

ところが日本だけは、トップヘビー艦は安定性に欠けるという理由で、反対に艤装および上甲板構造物を簡素化し、そのぶん艦体の拡大に当てる設計を優先した。

　これらの結果、日本においては、新造艦は史実より大きな艦体に貧相な装備・上部構造物を搭載することになった。

　同様に既存艦も、総量規制の枠内で一隻でも多く保有できるよう、同様の弱体化改装――排水量の軽減が行なわれた。

　駆逐艦も同様に徹底した上部軽量化が行なわれた結果、総量の枠内で、新たに吹雪(ふぶき)型二隻／初春(はつはる)型二隻／白露(しらつゆ)型四隻／朝潮(あさしお)型四隻の追加建艦が可能になった。

　そして迎えた一九三四年。

　欧米列強は前二回の軍縮会議に味をしめ、とうとう日本海軍にトドメを刺しにきた。

　これが第二次ロンドン軍縮会議である。

　しかし……。

　これ以上の海軍軍縮は、海外との交易に依存する日本の生命線を根底から破壊する。そう考えた帝国政府は、絶対に合意できないと判断した。

　そこでロンドン会議の予備交渉に代表として送り込まれたのが、当時めきめきと頭角を現わしてきた山本五十六である。

　山本の使命は、なんとしても日本に不利な条約締結を阻止することだった。

　ところが……。

　肝心の山本はというと、『これからは大艦巨砲主義ではなく空母優先主義の時代が来る』との予見のもと、政府と海軍の思惑に反して、密かに妥協案による会議の成立を狙っていた。

　世界の海軍が大艦巨砲主義に走る中、山本五十六だけが空母の有用性を看破し、将来を見越して海軍戦略の大転換を画策していたのである。

　むろん、別の見方もある。

日本は度重なる海軍軍縮会議により、欧米列強に対し劣勢な艦船配分を強いられた。

日米比が七対一〇という一見すると妥当な割合も、英米が連合した場合だと話にならない劣勢に追いこまれる。

英国がインドに東洋艦隊を、合衆国がハワイに太平洋艦隊を置いている関係上、本来なら日本のほうが優勢でなければ釣りあわないからだ。

ただ欧米列強は、水上打撃艦のみに焦点を置く要求をしてきた。

そこで山本は、持論である航空優先主義をさらに進化させ、『航空最優先主義』へと発展させたのである。

これまでも日本は、度重なる制限により水上打撃戦力を抑え込まれてきた。

そのつど海軍は苦悩し、結果的に山本のような、大艦巨砲主義からの脱却と空母優先主義者の台頭を生む結果となった。

予備会議では、山本は帝国海軍からの強い圧力を受け、しぶしぶ妥協案を諦めさせられた。

結果……交渉は決裂。

同年一二月には、ワシントン軍縮条約も破棄された。

破棄後二年の有効期限を経た一九三六年、日本はロンドン軍縮会議も脱退。

これにより全ての制限が解除され、世界は無条件時代へと突入することになったのである。

＊

一連の軍縮会議とそれらの破棄により、日本も無条件時代へ突入した。

そこで帝国海軍は、『山本構想』と呼ばれる抜本的な海軍改編計画に基づき、世界の海軍常識を大きく逸脱する艦船整備を実施しはじめた。

その行動は、世界の海軍の嘲笑を浴びた。

せっかく無条件時代になったのに、なんと日本は、建艦しはじめたばかりの巨大戦艦『大和』を、早々に空母へ改装しはじめたのである。

いまや欧米列強は、こぞって大戦艦を建艦している。

代表的なのが、合衆国海軍のモンタナ級と英国海軍のライオン級だ。

当然、日本の大和型も、これらの巨大戦艦に対抗するため整備されるものと思っていたのに、あっさりと諦めて、打撃艦隊の補佐しかできない空母へ改装するという。

それだけではない。

岸壁係留していたスクラップ同然の戦艦までも、なんと空母へ改装しはじめたのだ。

これでは笑われても当然であり、口の悪い提督などは、『日本は海軍を抑え込まれて、ついに発狂した』とまで公言したほどだ。

そこまで罵詈雑言を浴びながら建艦した正規空母、『大和』とは、一体いかなる艦なのであろうか。

設計段階で二六三メートルだった全長は、第三砲塔部分で艦体を切断して六七メートルも延長するという大手術により、全長三三〇メートル（艦体長）／三二五メートル（飛行甲板長）となり、見た目もかなりスマートになった。

艦体延長と同時に缶室の追加と機関の強化が行なわれ、主機出力は一八万馬力となった。

しかし海軍ではこれでも足りないとし、大型改装された両舷のバルジ内に二本のディーゼルエンジン式推進器を追加し、副機出力二万八〇〇〇馬力を付け足した（総出力二〇万八〇〇〇馬力）。

この出力は、戦艦改装空母『加賀』型の一三万三〇〇〇馬力はむろんのこと、世界最大の戦艦となった米海軍のモンタナ級……一七万二〇〇〇馬力をも陵駕（りょうが）するものだ。

ただしモンタナ級は排水量が六万三〇〇〇トン、全長も二八二メートルのため、遥かに巨大な空母『大和』には当然の出力と言える（ただし装甲や砲塔の有無・上甲板構造物の違いにより、空母『大和』の排水量は六万三二〇〇トンに納まっている）。

大出力を得た大和は、その巨体を最大三二ノットで疾駆させることが可能になったのである。

山本の空母最優先思想は、海軍の全艦艇に波及した。

戦艦長門（ながと）型の二隻（長門／陸奥（むつ））は、戦艦としての機能を残しつつも、『艦上機を搭載可能な航空戦艦』として大改装された。

長門型は後部にあった二基の主砲を撤去し、そこに後部飛行甲板と二段式格納庫を設置した。水上機を搭載するのではなく、多数の艦上機を格納できる本格的な空母運用が可能な戦艦として生まれ変わったのである。

とはいっても短い後部飛行甲板では、艦上機が離艦するのに必要な長さが圧倒的に足りない。

そこで艦上機の運用は、驚くべき奇策が採用された。

出撃はカタパルトによる射出。

なんと艦上機を大型の火薬式カタパルトで射出するというのだ。

これを可能にするため、エレベーター一基／舷側クレーン二基（クレーンにて格納庫横の搬出口より搬出可能）／火薬式射出カタパルト六基が設置されている。

なお後部飛行甲板には、着艦用ワイヤーが三本張られている。

そのため着艦フックを持つ艦上機が、短い距離で着艦できる。ワイヤーで停止できなかった場合、最終手段として起倒式の捕獲ネットが用意されている。

　これらの運用方式により、なんと長門型戦艦は、艦上機を三六機も運用可能になった。これはちょっとした軽空母なみの戦力である。

　同様に、航空戦艦に改装された伊勢(いせ)型と扶桑型は、一段格納のサイズが違うため二四機の運用となった。

　残りの戦艦（加賀／愛宕／赤城／天城／金剛／比叡／榛名／霧島）は、すべて正規空母に改装された。

　よって日本の保有する戦艦は、最低限と考えられる六隻（長門／陸奥／伊勢／日向(ひゅうが)／扶桑／山城）のみとなったのである。

　重巡や軽巡、そして駆逐艦にも、『水上機甲板』と呼ばれる幅広の後部甲板が追加され、驚くほど多数の水上機を搭載可能となった。

　重巡や軽巡は、戦艦と似たような一段格納庫が与えられたものの、搭載機種は一式水上戦爆機『戦風』（略称は『水戦爆』）のため、艦上機としての運用はできない。

　なので戦艦と空母以外は、後部甲板を射出時の移動および待機場所としての使用に限定している。当然、着艦は不可。

　着水した水上機はクレーンで後部甲板に上げられ、エレベータで格納庫に収容される。一部の艦はクレーンで直接、格納庫横から搬入できる。

　駆逐艦も格納庫を有しているが、新型の航空駆逐艦乙型――『護』型は格納庫なしとなっている。これは戦時急造を優先したためだ。

　そのため『護』型は、二機しか水戦爆を搭載できない。

　言いかえれば他の駆逐艦は、新型航空駆逐艦甲型（鯱型／天型／灘型）を含めて、すべて格納庫を保有している関係から、多数の水戦爆を搭載していることになる。

　その他、水上機母艦だった千代田（ちよだ）型と、丸三計画による日進（にっしん）型は、すべて改装母艦『千代田』型として改装された。

　改装母艦『千代田』型は、二段格納庫を有している。

　これにより水戦爆三六機（補用六機）を運用できる堂々たる航空艦となった（水上機甲板を有するため見た目は軽空母だが、艦上機の運用はできない）。

　これらの航空化から外されたのは潜水艦だけだ。

　すべての水上艦が航空化されたため、航空潜水艦は必要性が薄れてしまい、新造計画は全面的に中止／廃止となったのである（既存の航空潜水艦だけは偵察用として活用されている）。


　かように……。

　端（はた）から見れば頭がおかしくなったと判断される帝国海軍の大再編だったが、その真意が世界に知られたのは、あくまで日米戦争が勃発したのちのことだ。

　それまでは、水上打撃戦力を削ってまで航空機を搭載させた『臆病者の海軍』として、まともに分析すらされなかった。

　それも当然、当時の列強海軍は、『空母戦力で戦艦を沈めることは不可能』と判断していたからだ。

　せいぜい空母を使ってダメージを与え、そののち駆逐艦や潜水艦の魚雷で沈める戦術を使ってくるだろうといった程度が、憐れみを込めて噂されたにすぎない。

　しかし山本五十六が音頭を取り、海軍と政府が一丸となり、『最終勝利をもぎ取るための秘策』

として周到に準備されたなど、いったい誰が予想できたであろうか。

なにしろ帝国臣民の大半ですら、『航空戦力の大拡張は、のちに世界最大の戦艦や巡洋艦を大量建艦する前準備』という、海軍情報部が意図的に流した噂を信じていたのである。

＊

日本が世界に類を見ない海軍戦略と、東南アジアに的を絞った戦争、そして徹底した米国との避戦を貫いたのには、それなりの理由があった。

ことの発端は、ロンドン予備会議に出席した山本五十六が、帰路の途中でドイツへ立ち寄ったことに始まる。

一九三三年、ドイツ首相になったばかりのヒトラーと面会。

面会においてヒトラーは、日本の空母と艦上機の技術に興味を示した。

そこで山本は、それらの技術の一部を提供する見返りとして、『石炭液化技術と戦車技術の提供』を打診したのである（当時ドイツでは、すでに石炭液化で代用ガソリンを作る技術が発明されていた）。

この相互協力の密約は枢軸同盟締結後、公式な協定に格上げされた。

その後も連綿と相互協力は行なわれ、両国とも開戦前の段階で、かなりの技術的な向上が達成された。

また戦車技術に関連して、『航空機エンジンの戦車搭載技術』も伝えられ、これにより日本陸軍戦車の抜本的な強化が可能になった。

また副次的な技術として、クズ鉄を必要としない製鉄技術がドイツから伝授された。

ただし当時は密約だったため、合衆国からのクズ鉄の輸入は、そのまま継続して行なわれた。当然、あえて半数の高炉は改良せず、新型高炉は国家機密として隠蔽（いんぺい）された。

そして英仏蘭豪との開戦前（第一次ハルノート後）になって、全国にあるすべての高炉が順次緊急改良され、合衆国が日本に宣戦布告した一九四三年時点では、ほぼすべての高炉がクズ鉄不用の新型となったのである。

ちなみに……。

ＦＴ法（フィッシャー・トロプシュ法）による石炭液化は、ガソリンを大量に生産できるものの質的劣化が不可避となる。だがこれは、四エチル鉛の添加によるハイオク化により回避された。

また、これはまったくの偶然なのだが、一九三一年の満州事変直後、日本の明石機関が密かに大慶の調査を行ない、そこに重質ながら大規模な油田が存在することを発見した。

この発見は国家最高機密に指定されたため、欧米列強のみならず、一部の日本上層部以外は、日米開戦まで知ることができなかった。

結果的に重慶の石油は、艦船燃料である重油／軽油や石油加工製品を中心に分配された。そして石炭液化はガソリンを中心に製造することになった。それでも足りないぶんは、東亜戦争で奪取した南方油田から調達することになった。

これらの石油戦略と鉄鋼戦略により、ほぼ合衆国からの輸入ぶんを帳消しにできるメドがたったのである。

この大前提があったからこそ、日本は対米避戦を貫くことができたのだ。

余談だが、石油や鉄鋼の他に、鉄・ニッケル資源の確保という重大事項についても、日本は先手を打って確保に邁進している。

戦前の満州探査により、大慶油田の他に、遼寧で一〇億トンの埋蔵量を誇る鉄鉱石の大鉱山が発見され、ただちに開発が開始された。

同時に鞍山製鋼所が大幅拡張され、鞍山製鉄所となった。

また東亜戦争開戦直前には、遼寧にも新型高炉が完成。

これにより、一九三一年における満州の鉄鋼生産量は二〇〇万トン、一九四一年には、なんと七〇〇万トンの増産に成功している。

満州での大規模製鉄が可能になったため、大量の鉄製品が必要な石炭液化プラントの建設も軌道に乗ったのだから、まさに一挙両得である。

日本で根本的に欠乏しているニッケルについては、満州の吉林にある磐石銅鉱山が豊富なニッケルを含んでいることが調査で判明した。

また日本の情報部は戦前の段階で、インドネシアのスラウェシ島に大規模なニッケル鉱山が存在することを察知していた。

同地域を制圧後、ただちに露天掘りによるニッケル鉱石の大量採掘が開始された。そして南方油田とともに、最優先開発地域――日本の生命線となったのである。

結果……。

日本は合衆国と戦争を行なう理由がなくなった。日本の努力によって、第一次/第二次ハルノートが完全に形骸化したからだ。

そこで最後まで外交手段で日米間の軋轢(あつれき)を解消しようと奮闘したのだが、すべては徒労に終わった。

合衆国は、すでに戦火の渦中にあった他の連合国から、執拗に直接参戦を求められていたからだ。

ドイツと開戦するか、さもなくば日本と開戦するか、それとも両方と開戦するしか選択肢が無くなっていたのである。

その結果、大統領選挙を控えて実績が欲しいルーズベルトの取った策は、合衆国側からの宣戦布告だった。

それが『布告前の卑劣な奇襲攻撃』になったのは、まったくもって合衆国にとって望まぬ結果であり、意図して画策したものではなかった。

そう……。

日米戦争は、日本にとって必要のない戦争だった。

それでも攻められたら戦う。純然たる防衛戦争だ。

そして……負けるわけにはいかない。

果たして山本構想に基づく空母最優先主義は、いかなる結末にたどり着くのであろうか。

それは、これからの戦いを仔細に見ていくしかない。

そしてそれは、まだ始まったばかりである。

二

一九四三年八月二六日　グアム南岸海域

「作戦開始だ！」

戦艦サウスダコタの艦橋に、フランク・J・フレッチャー中将の声が響いた。

グアムの南西部にあるオロテ岬。

オロテ岬は『恋人岬』の愛称で親しまれている場所だが、現在は岬の付根部分に海軍基地が設営された関係から、もっぱら海軍将兵たちの憩いの場となっている。

そこから南へ一〇キロ離れた領海内の海域。

ここがフレッチャー率いる第16任務部隊の居場所となっている。

第16任務部隊の構成は、戦艦二隻／正規空母二隻／重巡二隻／軽巡四隻／駆逐艦一〇隻。

しかも戦艦は二八ノット出せる、新鋭のノースカロライナ級戦艦である。

そして指揮下に、軽巡オマハ／駆逐艦八隻で構成される第八駆逐群が張りついている。

第16任務部隊は直近となる五ヵ月間、まったく動いていない。

対照的にスプルーアンス少将率いる第17任務部隊は、グアム南方からトラック諸島北方海域まで忙しく訓練移動している。

その第17任務部隊も、現在は北東二八キロ地点の沿岸に移動し、そこで作戦司令長官に任じられたフレッチャーの命令を待っている。

作戦開始を命じたフレッチャーに対し、異議を申し立てた者がいた。

「開始の予定時刻まで、まだ一〇分ありますが……」

フレッチャーを補佐する、マイルズ・ブローニング参謀長（大佐）だ。

勝手に予定を早めたフレッチャーを、『正気か』といった目で見ている。

「先ほど送られてきたスプルーアンスの暗号電文を見ただろう？　当方準備万端につき、いつでも出撃可能……下手すると、こちらの命令を待たずに出撃しそうな勢いじゃないか！」

フレッチャーは複雑な胸中を隠そうともせず、苛ついた声音で反論した。

作戦司令長官はフレッチャーだ。

だから指揮下にあるスプルーアンスが、命令を待たずに出撃すれば大問題になる。

だが太平洋艦隊においては、フレッチャーもスプルーアンスも任務部隊司令官で同格の中将……。

米海軍において任務部隊司令官は、いわば一国一城の主だ。

対する作戦部隊司令長官は、たんに任務部隊司令官を束ねる一時的な役職にすぎない。

そして悪いことにスプルーアンスは、フレッチャーの先任にあたるウイリアム・ハルゼー中将のお気に入りなのだ。

そのハルゼーが今、ミッドウェイ方面から第4任務部隊／第18任務部隊／第20任務部隊を率いて接近中……。

ハルゼーがマリアナ海域に入れば、フレッチャーとスプルーアンスの部隊はハルゼーの指揮下に編入される。

となれば作戦司令長官はハルゼーとなり、フレッチャーは第16任務部隊だけを率いる司令官に格下げだ。

それが判りきっているから、スプルーアンスは密かに先走りした。

今回の攻撃で第一撃を与えた者は、日米開戦において先陣を切ったヒーローとなる。

そしてそれは、合衆国が第二次世界大戦に勝利したあかつきには、誰にも越えられない不動の栄誉として輝くことになる。

最終的には、海軍元帥に至る出世街道の最有力候補となるだろう……。

そう考えたのだ。

ハルゼーとスプルーアンスの関係を知っているフレッチャーは、自分がすでに出遅れている事に気づいていた。

さらに悪いことには、フレッチャーは、合衆国海軍の総元締めであるアーネスト・キング海軍作戦部長に嫌われている。

このままでは、スプルーアンスに先を越される……。

それは、もはや妄想ではなく確信に近い感覚だった。

「どうしたブローニング！　さっさと私の命令を伝えろ！」

ことさら『命令』の部分を強調したフレッチャー。

それを聞いたブローニングは、弾かれたように声を張りあげる。

「作戦部隊全艦に通達。ただちに作戦を開始せよ！」

フレッチャーは、おもわずニヤリと唇を歪ませた。

いまの命令は、直率している第16任務部隊にはタイムラグ無しで伝わる。

とくに上空待機させている空母航空隊は、命令を聞いた瞬間に移動を開始するはずだ。

これに対しスプルーアンスの部隊は、まず受けとった命令電文をスプルーアンスの元に届けなければならない。

そののち第17任務部隊の所属全艦に通達し、ようやく部隊が動きはじめる。

つまり命令系統の仕組みによって、どうしてもスプルーアンスは出遅れる……。

そこまで考えたフレッチャーだったが、さらに命令を追加する。

「航空参謀！　空母攻撃隊に緊急連絡しろ。第16任務部隊の航空攻撃隊は予定を変更し、グアムの陸軍航空隊との合流はキャンセルする。そのまま敵艦隊に向けて直行せよ……そう伝えるのだ！」

本来ならここで参謀長のブローニングが、先走りしすぎだと進言しなければならない。

なぜなら今回の作戦は、合衆国政府による宣戦布告をもって開始しなければならないと厳命されているからだ。

そのため作戦開始時刻も厳密に定められている。

ただし……フレッチャーとしては、作戦開始命令を下した時刻と実際に部隊が動きはじめた時刻とのディレイ・タイムを考慮して、一〇分だけ早く命令を出したと言いわけできる。

　政治的にはともかく、軍事的には宣戦布告と同時の攻撃がもっとも効果的だ。

　宣戦布告の時点から攻撃が遅れれば遅れるほど、敵艦隊に応戦する猶予を与えることになるからだ。

　そしてフレッチャーは政治に疎い。

　キング作戦部長に嫌われた原因もこれだ。典型的な『戦術脳』の持主なのである。

「レキシントンとサラトガの航空攻撃隊、全機攻撃行動へと移行しました！」

　大役を終えたとばかりに、航空参謀が報告にやってきた。

　それから七分後……。

　今度は通信参謀が、戦艦ノースカロライナの艦橋に設置されている司令長官席にやってきた。

「スプルーアンス部隊より入電。これより航空攻撃隊を出撃させる。以上です」

　思惑通り……。

　これでスプルーアンスに先を越されることはない。

　しかもスプルーアンスの攻撃隊には、グアムの陸軍攻撃隊と合流してから敵艦隊へ向かえと命令してある。だからタイムラグは、ますます増大するはず……。

　そうフレッチャーの顔に書いてある。

　それを見なかったことにした通信参謀は、さらに報告を続ける。

「それと……通信室からの連絡です。我が部隊の北西三二キロ地点の公海上を、日本海軍所属の双発機が飛行中です。その機から平文の軍用電信で、我が艦隊から航空隊が発艦中との連絡が発信されました」

まだ今は宣戦布告前――平時だ。

だから公海上を飛行している日本軍機が何をしようと、それをフレッチャーが止めることはできない。

日本側もそれを承知している。

平時の任務を強調するため、あえて暗号を用いない『平文』の通信を送った。

つまり互いに仮想敵国ながら、一定の自制が働いてることになる。

いまの日本は、なるべく合衆国を刺激しないよう気をつけている。

たかが偵察任務の通信ごときで日米戦争が勃発すれば、それこそ藪蛇（やぶへび）だからだ。

ただし宣戦布告しようとしている合衆国にとっては、『そんなことは知ったことじゃない』のだが……。

「放っておけ。どうせ日本の艦隊は、この出撃も、我々が事前に告知した演習だと判断するだろうからな。そして宣戦布告と同時の攻撃を受けて、初めて戦争が始まったことを知る。まことに滑稽だ」

まるで、もう奇襲が成功したかのように語るフレッチャー。

戦術には自信があるだけに、そう思いたいのも理解できる。

しかし……。

それは大きな間違いだった。

＊

フレッチャー部隊が航空攻撃隊を出撃させた七分後。

「ヨークタウンとエンタープライズの攻撃隊、全機出撃態勢が整いました」

戦艦サウスダコタの艦橋で、スプルーアンスは、カール・ムーア参謀長の報告を聞いていた。

「ただちに出撃せよ」

まったく表情を変えぬまま、スプルーアンスは淡々と命令を下す。

「作戦開始！　全航空隊、陸軍航空隊との合流地点へ向けて進撃せよ!!」

ムーアの声が鋼鉄むき出しの艦橋内に響き渡る。

その声を聞き終えたスプルーアンスは、今度は作戦参謀へ質問した。

「グアムの陸軍航空隊からは、なにか連絡はあったか？」

「ありません。ですが……おそらくフレッチャー長官の作戦開始命令を受けて、全力で離陸中と思われます。まもなく長官宛に、グアム陸軍司令部から出撃報告が出るとは思いますが、おそらくそれは宣戦布告後になるかと」

陸海共同の演習と強弁すれば、宣戦布告に先んじての陸軍機出撃も平常任務の一貫だと言い張ることができる。

しかし陸軍は海軍主導の作戦では受け身であり、海軍に先んじての出撃報告を出すなどの危ない橋は渡らないはず。

そう考えた作戦参謀が、憶測ながら進言したのだろう。

「……だろうな。我々としては、航空攻撃隊が日本艦隊のいる位置まで到達するのに必要な一時間半後、宣戦布告の時刻とぴったり合わせる責務がある。そのために五ヵ月間、部下たちに苦労を強いてきたのだ。うまく行ってくれねば困る」

スプルーアンスの言葉は、部下たちにとって命令と同じだ。

第17任務部隊の行なう作戦のすべてが、太平洋艦隊随一といわれるスプルーアンスの秀でた頭脳から編み出される。

あまりの正確さと表情を崩さぬ態度から、いつしか『鉄仮面』と呼ばれるようになったほどだ。

「参謀長。ただちに陣形変更を行ない、航空隊収容地点へと移動する。一艦も遅れるな」

戻ってきたムーアに休む暇(いとま)も与えず、スプルーアンスは次の命令を発した。

その上で、独り言のようにつぶやく。

「マーシャル諸島付近で、台風が発生しつつある。この時期の台風は迷走しやすいし、迷走しなくてもグアム直撃コースを進むことが多い。だから今回の作戦は、なるべく前倒しすべきだ」

敵も味方も空母部隊。

ならば先に一撃を食らわし、あとは台風にあわせて安全な場所に退避すべきだ。

このような状況で、のんべんだらりと戦うのは愚の骨頂……。

そうスプルーアンスの表情は物語っていた。

*

ところ変わって、ここはサイパン島北端から二七五キロ離れた地点。

時刻は午前七時五分。

ちょうど北マリアナ諸島に属する、アラマガン島とパガン島の中間地点にあたる場所だ。

「サイパンのラウラウ水上機基地に所属している九七式飛行艇二番機から、グアム島北東部にて米陸海軍機が合流、北上を開始したとの報告が入りました」

同海域に展開している第四戦空艦隊。

その旗艦――航空重巡『利根(とね)』の艦橋に、通信室からの伝令が駆け込んできた。

「先ほど届いた、第一航空艦隊所属の艦上双偵による米海軍航空隊とは別のものか？」

伝令の報告を聞いた南雲忠一第四戦空艦隊司令長官は、わずかに首を傾げながら、側に付き添っている艦隊航空参謀に質問した。

南雲（なぐも）は根っからの水雷屋だ。

帝国海軍に空母最優先主義が定着した後も、かたくなに水上打撃部隊による雷撃戦法が自分には最適と公言し続けている。

なにしろ東亜戦争勃発後、航空戦艦『扶桑／山城』を主軸とする第三戦空艦隊の司令長官に抜擢（ばってき）されたというのに、それを断わり、わざわざ格下となる重巡主体の第四戦空艦隊司令長官を希望した男である。

その理由が、『第三戦空艦隊の水雷戦隊は、指揮下にあるものの独立している。これに対し第四戦空艦隊は、高速機動が可能な重巡戦隊に加えて、直衛の最新鋭駆逐艦八隻を有している。いざ砲雷戦になれば、圧倒的に第四戦空艦隊のほうが有利……』。

第四戦空艦隊は、たしかに高速打撃艦隊だ。

しかし艦隊名に『空』の文字が入っていることでも判るように、航空重巡五隻に一〇〇機、改装母艦三隻に一〇八機、直衛駆逐艦『護』型八隻に一六機……合計でなんと二二四機もの水戦爆を有する航空艦隊でもある。

ところで『戦時急造駆逐艦乙型』となる護型は、『急造』ゆえの理由から水戦爆を二機しか搭載していない。

しかし小型で小回りが利き、大型の新型六一センチ三連装魚雷発射管を二基六門備えている点が、かえって南雲のお眼鏡に叶ったらしい。

そして南雲は、艦隊運用においても徹底している。

指揮系統を変更し、航空参謀に水戦爆隊を一任したのだ。

自分は水上打撃部隊の指揮に専念するというのが理由である。

まったく山本構想に正面から逆らう方針だが、南雲の砲雷撃指揮能力を高く評価している山本は、『いかにも南雲さんらしい』の一言で笑い飛ばしたらしい。

南雲に質問された航空参謀は、階級がまるで違うにも関わらず、女房役の特権を誇示するかのように、まるで副官のように答えた。

「はい、先に報告を受けた米部隊とは別の部隊です。おそらくオロテ岬南方にいる米空母部隊ではなく、イナラハン南東沖にいる、もうひとつの空母部隊の航空隊ではないかと」

航空参謀は、指揮系統において南雲と艦隊を二分している。

それを南雲が容認しているからこそ、堂々と自分の意見を言えるのだ。

「ううむ……航空のことは良くわからんが、グアムにいる陸軍主力航空隊の大半が、米海軍の空母航空隊と合同演習を実施するなど、知るかぎりでは初めてのような気がするが……」

これまでは合同演習を行なうにしても、一隻の空母飛行隊と一個陸軍爆撃隊の単位でしか行なわれていなかった。

それが今回は、ほぼグアムにいるすべての陸軍爆撃機と半数以上の戦闘機、そして一個空母部隊が有する航空隊すべてが参加しているらしいのだ。

たしかに平時の演習としては異例の規模である。

「おっしゃる通り、初めてのことです。とはいえ、我々も大演習では同じ規模で訓練した過去がありますので、ここの所の日米の緊張から大規模演習を実施したと考えると、相応の対応にも思えます」

妥当な返答に、南雲はそれ以上の疑念を呈(てい)するのを諦めた。

その代わり、別の質問に変更する。

「我が艦隊の直掩はどうなっている？」

「本艦隊に所属する水戦爆のうち、四四機を直掩に上げました。残りの一八〇機中、補用その他で二〇機が出撃不可。よって一六〇機を本艦隊東南東六〇キロ海域にて、爆装の上で待機させていま す」

航空参謀の話が本当なら、いま第四戦空艦隊には、補用となっている二〇機の水戦爆しか残っていない。

ちなみに『補用』とは、機体が分解状態で収納されている機のことだ。

つまり組み立てる手間をかけなければ出撃できないため、通常の出撃編成には組み入れられていない。

主に格納スペースの関係からそうなっているのだが、他にも破損した機の部品供給としての役割も担っている。

それにしても……。

純然たる平時である現在、保有する航空機のほとんどを出撃させる『全力出撃』を行なうなど、航空参謀のいう通り『艦隊大演習』以外ではそうそうない。

通常の演習では、実戦においてもっとも可能性の高い『半数出撃』が最大規模であり、それも編隊や飛行隊単位で小分けするのが主な訓練日程となっている。これは使用頻度の高いものを数多く訓練するのが当然だからだ。

順当に考えれば、ここは平時の最大規模となる半数出撃とするべき……。

ただし機動連合艦隊司令部からは、『実戦を想定し上空にて待機』と命令が届いている。

そこで全権を委任された航空参謀は、南雲に確認することなく全力出撃——直掩を除いた出撃可能な全機を飛びたたせたのである。

　むろん最終的な出撃命令は南雲が出さねばならない。

　だから航空参謀も、最低限の『報告』だけは行なっている。行なっていないのは南雲の判断を仰ぐことだ。

　ＭＧＦ司令部によれば……。

『今回の米軍の行動は、もしかすると日米開戦に繋がるかもしれない。となれば合衆国からの宣戦布告が行なわれるはず。相手から攻めてくる以上、奇襲になる可能性が最も高い。

　その場合、米艦隊に近い位置にいる第四戦空艦隊が矢面(やおもて)にたつことになる。そうなれば第四戦空艦隊は、まず最初に、米側の航空攻撃で少なからずの被害を受ける。ゆえに被害を可能なかぎり低減させるため直掩機を上げておく必要がある。

　米軍による航空攻撃があれば、それはすなわち日米開戦を意味している。となれば航空攻撃の後に行なわれるのは日本側の反撃である。

　ところが第四戦空艦隊は、米軍機による攻撃で被害を受け、事後の出撃ができないかもしれない。そうでなくとも、航空攻撃で多数の水戦爆を失ってしまえば、まともな出撃ができなくなる。

　ならばいっそ攻撃前に大半の水戦爆を上空に飛ばし、敵の攻撃後、ただちに反撃のため進撃させるべきだ』

　これは南雲が聞いた、艦隊航空参謀による報告の要約だ。

　そして驚くことにそれは、南雲がのちにＭＧＦ司令部から受けた極秘命令とほぼ同じものだった。

まさに航空参謀による先見の明。

門外漢の自分がいらぬ口をはさむより、専門家である航空参謀に任せるべき……。

　結果的に南雲は、自分の采配が間違っていないと確信したのである。

「うむ。改めて命じるが、航空隊は貴官に任せる。そして万が一、MGF司令部から開戦命令が出たら、その時に改めて進撃命令を下す」

第四戦空艦隊は、主力の航空艦隊より南にいる。

これは最前線を守る尖兵としての役目を担っているからだ。

いざとなれば鈍速な改装母艦（といっても『千代田』型は、改装後は最大二七ノット出せる）を切り放し、全艦が三二ノットで疾走することができる。

さらに言えば、一式水戦爆『戦風』は、爆装しなければ艦上機なみの性能を発揮する。

なんと機動戦闘（格闘戦）では、あの『カミソリ』と呼ばれた九六式艦戦に匹敵する動きが可能なのだ。

あくまで中低速域に限られるが、新型の一式艦上戦闘機『疾風』より小回りが利く。

ただし総合性能は、一式艦戦のほうが上だ。

一式艦戦の強みは、高トルクを生かしての急加速による力まかせの回りこみであり、強武装による大打撃である。

旋回半径にかぎれば、水戦爆のほうが小さい。

その性能を駆使すれば、水戦爆でも、充分に米海軍戦闘機に太刀打ちできる。

銃撃能力は、さすがに一式艦戦にはかなわない。

一式艦戦は一二・七ミリ機銃四挺（両翼）の強武装。水戦爆は両翼に一二・七ミリ機銃二挺、後部座席に九・二ミリ機銃一挺のみ。

なので、どうしても前方打撃力は一式艦戦に軍配が上がるのだ。

だが合衆国海軍の艦戦は、さらに凄い。

主力艦戦のF2Aバッファローは、一二・七ミリ機銃四挺。新型のF4Fワイルドキャットに至っては一二・七ミリ機銃六挺の強武装なのだ。

これらと比べると、水戦爆はどうしても見劣りしてしまう。

そのため米艦戦を想定した模擬戦闘訓練では、一式艦戦は一対一でも勝てるが、水戦爆は二機一組で対応しないと負けると判断された。

ただし米艦隊は、水上打撃戦力を優先するあまり、艦上機の更新が遅れている。

そのせいで、米空母の半数がF2Aのままだ。

ブリュスターF2Aバッファローは、最高速度五一七キロ／巡航速度四一五キロ。

速度はまあまあだが、肝心の格闘戦能力が劣悪だ。

すでに旧型となり、軽空母や陸上航空隊にしか配備されていない九六式艦戦にすら勝てないと目されている。

ゆえに一式艦戦はむろんのこと、南雲の指揮下にある水戦爆『戦風』ですら、F2A相手なら勝てると判断されているのだ。

まだ南雲は知らないが……。

この時点において、フレッチャー部隊の航空攻撃隊は、南雲のいる海域の南方二八〇キロ地点にまで接近していた。

予想以上に速度を出しての進撃だったため、まもなく第四戦空艦隊の上空に到達する。

そう考えると南雲たちは、かなり危うい状況にある。

幸いにも南雲が航空参謀に水戦爆隊を丸投げしたせいで、機転を聞かせた航空参謀が早めの防空訓練を実施していたため、なんとか応戦準備が整ったのである。

そして……。

ついに運命の午前七時五〇分が訪れたのだった。

三

八月二六日午前八時　サイパン北方海域

『直掩中の古鷹水戦爆隊より入電！　南方二〇キロ付近、高度二〇〇〇に航空機集団！』

第四戦空艦隊・航空重巡『利根』の艦橋内。

据えつけの艦内有線スピーカーを通じて、通信室からの緊急報告が入った。

このスピーカーは『直通切り換え式』の単純な仕組みだ。

通信室／機関室／発光信号所／砲撃指揮所／格納庫の五ヵ所に対し、相互に接続されている。

五ヵ所にあるマイクを用いて送信する場合、送信先へ接続するためのダイヤル式スイッチを切り換えなければならない。

しかし、この方式には問題がある。

送信先にスピーカーがひとつしかないため、報告が重なると混信してしまうのだ。

その場合、送信先にあるマイクを使って混信したことを告げ、再送してもらう手間が発生してしまうのである。

まだまだ発展途上の仕組みだが、それでも伝令による報告とは雲泥の差がある（その点、最新鋭の大空母『大和』と『翔鶴型』には、交換所付きの艦内有線電話システムが完備されている）。

ただし緊急ではない場合は、従来通り伝令を使って行なわれている。

伝令による伝達は時間がかかるものの、少なくとも混信することはないからだ。

報告を聞いた南雲は、間髪入れずに命じた。

「緊急！　通信室に直通電話を入れよ。米航空隊に対し艦隊長官名で、『これ以上の接近は不慮の事態を引き起こす。ただちに反転帰投せよ』と警告を発するのだ!!」

『緊急』は、最速で伝達しなければならない命令となっている。

　そのため通信参謀も、返答すらせずに直通マイクのある艦橋後部へ走る。

　ものの一〇秒たらずで命令を伝え終えた。

　それから、わずか一分後。

　艦橋のスピーカーが大音量でがなりたてた。

『こちら通信室！　直掩機より入電。米軍所属とおぼしき航空機集団、国際緊急電信回線を通じての警告を無視して直進中！　一部の機は爆撃進路に入りつつあり!!』

　南雲の顔が急速に引き締まった。

　いまは平時のため、飛来中の航空機を『敵』と断定してはならない。

　場所的に米軍所属なのは判りきっているのに、あえて濁した表現になっているのも、相手を確認する手順を踏んでいないからだ。

　平時における偶発的な交戦を回避する方法としては、領空に接近した相手に対し、国際緊急通信用に定められた周波数で、繰り返し警告を発する方法がある。

　これは民間機などが迷いこんできた場合に用いられる方法だが、相手が米軍と判りきっていても同様の方法で警告するよう、国際的な基準が定められているのである。

「全艦に緊急命令。これは訓練ではない！　本艦隊は攻撃を受ける可能性大。攻撃を受けた場合、ただちに応戦を開始せよ！」

　南雲が緊張したのは、航空機の進撃速度が段違いに速いからだ。

　船舶相手だと、領海内に侵入するまで何度も警告できる。

ところが航空機だと、そんな悠長な事をしている時間はない。

なぜなら領空は領海と同じ距離（一二海里／二二キロ）しかないからだ。

あっという間に相手は飛び越えてしまう。

そこで警告と同時に、万が一にそなえての応戦準備を命じたのである（平時でも領空／領海内での防衛戦闘は認められている。この場合は戦争行為とはならない）。

命令を八代佑吉（やつしろすけよし）参謀長に伝えた南雲は、まだ側にいる通信参謀に尋ねた。

「本国からの開戦命令は届いているか？　合衆国政府から宣戦布告状が届いたとは、まだ報告されていないが……」

「いえ、なにも届いていません。もしこれが米軍による攻撃であれば、宣戦布告なしの奇襲となります！」


八代は実直な性格の持主だ。

軽巡『龍田（たつた）』『球磨（くま）』、重巡『熊野（くまの）』『那智（なち）』と巡洋艦の艦長を歴任してきた男のため、水雷屋の南雲とは相性が良い。

長官と参謀長――旦那と女房の意志疎通も手慣れたものになっている。

それにしても……。

さすがに『無いと思っていた事』が現実になろうとしている。

近代の戦争では、まず宣戦布告してのち、相手も布告を受理して初めて開戦となる習わしがある。

これは『国家の威信』が掛かっているだけに、大国ほど宣戦布告を順守する傾向にある。

しかし絶対的なものではない。

ゆえに宣戦布告なしでも戦争が勃発することがある。

その多くが偶発的な衝突から発展したり、意図的に画策された奇襲攻撃によるものだ。

だから指揮官たるもの、いついかなる状況にも対応できるよう、万全の態勢で挑まねばならない。

そう常日頃から部下に説教している南雲ですら、まだ『本当に日米が戦争するのか？』と、半信半疑の表情を浮かべていた。

だが……。

そんな南雲をあざ笑うかのように、立て続けに報告が入りはじめた。

『前方警戒中の千歳水戦爆隊より入電！　米海軍所属のＦ４Ｆワイルドキャットと思われる編隊から銃撃を受けた模様！』

『前方警戒中の護型一三号駆逐艦より発光信号！　南方を飛行中の航空機集団から、艦爆とおぼしき編隊が急降下を開始しました!!』

現在時刻、午前七時五〇分。

ここで南雲も覚悟を決めた。


「全艦、応戦を許可する！」

次に八代参謀長のほうを見る。

「ＭＧＦ司令部へ緊急打電！　我、敵航空隊の攻撃を受けり。これだけを連続して送れ！」

「はっ！」

南雲は米軍機を『敵』と呼称した。

これは正しい手順を踏んだ結果の判断のため、国際法的にも正しい行為だ。

緊急応戦は、艦隊周囲二二キロ以内に未確認の存在が侵入した場合、たとえ平時であっても応戦して良いとの規定に基づいている。

そこで南雲は、ＭＧＦ司令部への報告で『敵』と表現したのである。

これは偶発的な交戦ではなく、あきらかに米軍が組織だった集団として戦闘行為を仕掛けてきた結果の出来事だ。

すなわち『宣戦布告なしの開戦』である。

　ともかく応戦する。

　あとのことはＭＧＦ司令部を通じて、日本本土に判断を任せれば良い。

　これほどの事態となれば、とにもかくにも、すぐに応答があるだろう……。

　だが、最後の南雲の考えだけは外れた。

　よほど混乱したのか、日本本土（実際には日本政府）からの返答があったのは、午前八時を一〇分も過ぎてからだった（緊急通信を送付したのが午前七時五二分。攻撃開始から一八分後に返答あり）。

　そして、その電文にはこう記されていた。

『午前八時一分。大日本帝国政府は、在東京アメリカ大使より、宣戦に関する布告状を受けり。それに先立つ午前七時五〇分。帝国海軍第四戦空艦隊は、グアム方面に展開中の合衆国海軍部隊による組織的な航空攻撃を受けり。

　同午前七時五九分、帝国機動連合艦隊主力の第一航空艦隊および第二航空艦隊上空にも米軍機編隊が襲来、現在も交戦中なり。

　よって帝国政府は大本営の設置を承認。同時に陛下の御聖断を承り、ここに帝国はアメリカ合衆国の宣戦布告を受理するものとする。

　これらに基づき、帝国陸海軍部隊および帝国海軍機動連合艦隊は、ただちに合衆国陸海軍との戦闘を開始せよ。ここに帝国は、アメリカ合衆国との戦争状況に入ったことを宣言する。以上、大日本帝国総理大臣・東条英機』

　日本本土の対応が遅れたのは、攻撃後に宣戦布告状が届けられたことが原因らしい。

　たんなる事務的な遅延から起こった偶発的な出来事か。

　それとも卑怯な不意打ちを糊塗（こと）するための謀略か、日本政府としても判断に迷ったのだ。

結果は、事実を事実と受け止める、となった。

すなわち……。

事の顚末はどうであれ、『合衆国が宣戦布告するより先に攻撃を仕掛けた』と公式に確認・記録した上で、後付けで渡された布告状に対し、これを受理することにしたのだ。

これが大日本帝国における『公式の見解』となったのである。

＊

午前七時五二分。

『第四駆逐戦隊の灘〇三所属の水戦爆より入電。南南東方向、本戦隊より距離五二キロ、高度二〇〇〇に敵航空隊集団！』

この報告は、山本五十六のいる極大空母『大和』の艦橋電話所へ届いたものだ。

第四戦空艦隊が攻撃を受けたとの報告を受けてから、わずか二分後のことだった（まだこの時点では五七キロ離れているため、公式記録における第一航空艦隊の交戦開始時刻は七時五九分となった）。

通信参謀が有線電話のある『電話所』で大声を出して報告したため、報告の遅延はほとんどない。

「応戦せよ」

山本五十六の命令は短かった。

すでに第四戦空艦隊が交戦中のため、日米開戦は既定事項となった。

ただし日本本土からの正式な開戦命令はまだだ。

そのため、あくまで『応戦』するしかない。

山本は、米軍機が領空内に入るまで待つ気などなかった。

これは宣戦布告なき戦争なのだ。

ならば第四戦空艦隊が攻撃を受けた時点をもっ

て開戦と判断すべし。

　形式上では『応戦』だが、実際には全面対決である。

「機動連合艦隊所属の全作戦部隊に命じる。ただちに攻撃行動に移れ！」

　今度の命令は『応戦』ではない。

　上空待機させている各艦の航空隊に対し、それぞれ定められた目標に対し攻撃行動を取れ……すなわち航空攻撃の開始命令である。

　これは公式記録に残る命令のため、いささか山本の勇み足とも取れる行動だ。

　しかし現実として、指揮下にある艦隊が攻撃を受けている。

　ともかく上空退避させている航空攻撃隊を出撃させて、『後手の不利』を少しでも軽くしなければならない。

　これは指揮官としての責務である。

　もし今回の出来事が『大規模な不慮の事故』だった場合、味方の航空攻撃隊が敵艦隊のいる場所に到達するまでの一時間半が、そのまま時間的な猶予となる。

　すなわち一時間半のあいだに、攻撃中止命令を出せばよいだけの話だ。

『第四水雷戦隊および第四駆逐戦隊、直衛の天型駆逐艦五隻。各群直掩として水戦爆四〇機を射出しました！』

　水戦爆に関しては、即時出撃は保有するカタパルトの数に制限される。

　そのため駆逐艦群は、おおよそ保有する半数の出撃となった。

「本艦の直掩隊および金剛／比叡／榛名／霧島の各空母直掩隊、敵機との交戦に入りました！」

　これは大和の艦橋外側にあるデッキで対空監視している兵からの肉声報告だ。

それと同時に、宇垣纏が近づいてきた。

「各航空攻撃隊は無事に進撃行動へ移行しました。充分に離れた空域に退避していたせいで、敵機による被害はありません。なお、これは後方二〇キロにいる第二航空艦隊も同様です。

先手こそ取られましたが、これで最低でも、我々は敵艦隊を攻撃することが可能になりました。あとは航空隊が無事に戻れるよう母艦を守るだけです」

その時、戦闘参謀が叫んだ。

「対空戦闘、開始！」

おそらく敵機が第一航空艦隊の上空に到達したのだろう。

ここからは対空射撃を加えた『総力戦闘』となる。

ふたたび宇垣が口を開いた。

「長官、MGF司令部を艦内へ退避させてください。むろん長官もです」

海軍の戦時規定では、『艦隊司令部は乗艦している艦に危険が迫った場合、安全な場所に退避しなければならない』と記されている。

これが戦艦だと司令塔への退避となるが、空母に改装された大和には司令塔が存在しない。

そこで集中防護区画内にある大会議室を、『作戦司令室』として使用することになっている。

改装段階から大和は、MGF司令部が乗艦する『総旗艦』となることが決定していた。

一時は航空戦艦『長門』を従来通り総旗艦とする案もあったが、『航空最優先思想を徹底する意味でも、総旗艦は正規空母にすべし』との意見が支持されたのだ。

そのため改装当初は、艦内に専用の『作戦司令室』を設置することになっていた。

だが山本五十六が冗長だとして反対し、大会議室に司令室としての機能を持たせる案に落ち着いたのである。

「儂としては見通しの良い艦橋に残りたいのだが……まあ、ここは折れることにしよう。よし、ただちに司令部を大会議室へ移す」

　すぐに宇垣が大声で命令する。

「ＭＧＦ司令部、大会議室へ移動！　以後は司令室として機能させる。司令部各員、ただちに移動を開始せよ！」

　同時に通信参謀が、大会議室宛に有線電話をかける。

　ところで……。

　ＭＧＦ司令部の全員が艦橋にいるわけではない。大半は艦内各所で任務にあたっている。

　その中には、大会議室内で司令部機能を維持する要員も含まれている。

　彼らが前もって準備を整えているからこそ、艦橋にいるＭＧＦ幹部が大会議室へ移動した直後から、すみやかに司令部としての機能を再可動できるのである。

四

二六日午前　サイパン北方海域

「グアムの海軍司令部より公式電が届きました。本日午前八時零分、合衆国政府は日本に対し宣戦布告を行なった。よって合衆国海軍所属の全組織は、ただちに戦時態勢へ移行せよ。以上、キンメル司令長官からの通達です」

　第17任務部隊の部隊旗艦となっている戦艦サウスダコタの艦橋。

　そこでレイモンド・Ａ・スプルーアンス部隊司令官（中将）は、通信文を持った伝令の報告を受けていた。

命令を下したのは、ハズバンド・E・キンメル大将。

彼は典型的な『平時の指揮官』である。

一九四一年に太平洋艦隊司令長官に任命されてから、これまでずっと平時の方面司令長官を務めてきた。

したがって、いまスプルーアンスのもとに届いた電文も、これまで同様、そっけないほど事務的なものでしかない。

だがスプルーアンスは、文面は気にせず別の部分に注意をむけた。

「午前八時?」

現在時刻は八時五分。

当初の作戦予定では、スプルーアンスの航空攻撃隊は、グアム東方海上でフレッチャーの攻撃隊および陸軍航空隊と合流したのち、宣戦布告を確認した上で日本の艦隊を攻撃する手筈になっていた。

ところが出撃直前の午前六時二〇分。

フレッチャーから至急の暗号電が届いた。

電文は作戦変更に関する長官命令で、陸軍航空隊と合同で出撃するのはスプルーアンス部隊のみとし、フレッチャー部隊は単独行動に変更するとなっていた。

かなり無茶な命令だが、作戦司令長官はフレッチャーのため、指揮下にあるスプルーアンスは従うしかなかった。

とはいえ、スプルーアンスにしてみれば予定通りに作戦を進めればいいわけで、なんの問題もない。

そこで午前六時三〇分に航空攻撃隊を出撃させ、グアム東方で陸軍航空隊と合流したのち、午前八時五分に日本艦隊へ攻撃を開始する予定だった……。

「はい、午前八時に開戦ですが、なにか？」

スプルーアンスに問われたカール・ムーア部隊参謀長（大佐）は、怪訝そうな表情で返答した。

「航空参謀から受けた報告によると、フレッチャー部隊が日本艦隊に攻撃を開始したのは午前七時五二分だったはずだ。私としては、作戦司令長官が先に開戦命令を受けとった上で、直率部隊に攻撃開始命令を下した結果だと解釈していたのだが……。

もし今の電文が正しいなら、フレッチャー部隊は宣戦布告を待たずに攻撃を開始したことになる。これは、のちのち大問題になるぞ」

開戦命令は最高度の機密命令のため、作戦司令長官にのみ伝えられる。

当然のことだが、そののち公電にて送られてくる『大統領からの宣戦布告に関する発表』を確認した上で、宣戦布告後に攻撃命令を下す……これが手順となっていたはずだ。

そのためフレッチャーが開戦命令を受けても、すぐさま攻撃できるわけではない。

ましてやスプルーアンスに至っては、フレッチャーがスプルーアンスに命令を伝達しないかぎり、リアルタイムで開戦時刻を知ることはできない（開戦に関する情報は非常にデリケートなため、通常の機密情報とは別扱いとなる）。

これらは海軍の指揮系統に関することのため、スプルーアンスもなんら疑問には思っていなかった。

「フレッチャー部隊の飛行速度がすこし速かったせいで、早めに到着しただけだと思いますが？

しかも最初に攻撃したのは敵主力艦隊にではなく、前方展開していた巡洋艦隊にです。接敵に関する時間のズレは往々に発生するものですので、五分や一〇分のズレなら、演習でも普通に起こります。なので何も問題ないとは思いますが……」

　問題を指摘されたムーア参謀長だったが、まだ事の重大さに気づいていないようだ。

　いまも表情を変えないまま聞きかえしている。

「……」

　スプルーアンスは沈黙で返した。

　宣戦布告前の奇襲攻撃、それは国際慣例を踏みにじる『卑劣な手段』と受けとられる。

　しかし合衆国政府が『開戦時刻を八時と公表』すれば話は別だ。

　これだと宣戦布告と同時の攻撃になる。

　公式にも、正しい手順を踏んでの攻撃として記録される。

　そして……。

　合衆国が戦争に勝利すれば、公表された内容が正しい歴史となる。

　おそらく『一〇分先走りした事実』は、合衆国政府によってもみ消されるだろう。

　日本が真実を公表しても、すでに戦時下にあるためプロパガンダとして処理され、世界全体には伝わらない。

　ようは勝てばいいのだ。

　勝った側が歴史を作る権利を得る。

　この歴史の真実に思考がたどり着いたからこそ、スプルーアンスは沈黙したのである。

「報告！」

　沈黙思考に入っていたスプルーアンスのもとに、航空参謀がやってきた。

「報告せよ」

「はっ！　我が部隊の航空攻撃隊が、陸軍攻撃隊と合流ののち、作戦予定通りの八時五分、敵艦隊に対し攻撃を開始したとの第一報が届きました」

「そうか」

　短く答えたスプルーアンスは、すぐムーアのほうを向く。

「直掩隊を交代させる。まず第二直掩隊を上げてから第一直掩隊を収容しろ。開戦したからには、いつ敵の攻撃があるかわからん。準備は万端に整えておかねばならない」

「了解しました。航空参謀、第二直掩隊の出撃を命じる。あとは任せた」

　そばに航空参謀もいるため、命令の伝達は瞬時に終了した。

　スプルーアンスは、ふたたびムーアに声をかける。

「直掩隊の出撃によって、艦隊の退避行動に支障は出ないか？」

「艦戦のみの出撃ですので、現在の陣形のままでも問題ありません。このまま航空隊の収容地点へ向かいます」

　ムーアは、一見すると理屈にあわない返答をした。

　なぜなら航空攻撃隊は航続距離の関係で、帰路の途中でグアムの陸上滑走路に降りることになっているからだ。

　実際にもその通りなのだが、厳密に言うと違う。部隊にはノースカロライナ級戦艦二隻が所属しているため、艦隊最大速度を二六ノットまでしか上げられない。二六ノットで一時間半走ると、およそ八〇キロ弱となる。

　本来ならもっと南へ退避したいところだが、それができない事情があった。

　攻撃隊に所属する艦上機の航続距離はまちまちのため、比較的余裕のあるF2Aバッファローだけは、そのまま飛ばせて空母へ収容することになった（この処置は艦隊直掩機を確保する意味もある)。

あれやこれやの事情により、スプルーアンス部隊の退避地点となる『B地点』は、グアム南東八〇キロ海域となった。

いまはそこをめざし、全速に近い速度で突っ走っている最中である。

同様にフレッチャー部隊も、『A地点』と呼ばれるグアム南西八〇キロ地点をめざしているはず。二個の任務部隊が合流しないのはリスクを分散させるためだ。

開戦した以上、グアムは戦場となる。

あまりにも日本が支配しているサイパンに近いし、サイパンの北方には日本の大艦隊が居座っている。

そのため、たとえ攻撃に成功したとしても、スプルーアンスたちが反撃を食らう可能性は高い。

それらのことはすべて、事前に作戦へ組みこまれている。

なお……サイパンにある日本軍の航空基地は、グアムの陸軍航空隊が始末することになっている。

現時点では敵空母部隊殲滅のため出撃しているが、午後になって再出撃し、今度はサイパンを攻撃する予定になっているのだ。

まずスプルーアンスたちで先制の航空攻撃をして、敵艦隊に痛手を負わせる。

必要ならその後に第二次航空攻撃を実施し、敵艦隊にダメージを蓄積させる。

そうこうしているうちに、ミッドウェイ方面から進撃してくる太平洋艦隊の主力——ウイリアム・ハルゼー中将率いる第4任務部隊/トーマス・C・キンケイド少将率いる第18任務部隊/フォレスト・P・シャーマン少将率いる第20任務部隊が、敵艦隊にトドメを刺す。

なにしろハルゼーが作戦長官を務める主力部隊

群には、なんと一二隻もの戦艦が所属しているのだ。

　ただし、進撃速度は遅い。

　半数以上の戦艦が、最高でも二一ノットしか出ない鈍速艦だからだ。

　そのせいで主力部隊の作戦行動も制限される。

　ただし……あのハルゼーが率いる部隊のため、常識では計れない。

　スプルーアンスは密かに思っていた。

『ハルゼー長官のことだ。直率する第4任務部隊には、最新鋭のモンタナ級巨大戦艦を四隻も配備してある。だから、かならず第4任務部隊を突出させてくるはず……』

　むろん作戦ではそうなっていない。

　しかしハルゼーなら必ずやる。

　これはスプルーアンスの憶測ではなく、ハルゼーと親しい者だけが抱く『確信』だった。

「航空攻撃で、どれくらいの被害を与えられるでしょうね」

　ふたたび沈黙思考に入っていたスプルーアンスに対し、ムーアが遠慮せずに声をかけた。

「私としては、キンメル長官が想定しているよりは戦果を出せると思っているが……まあ、相手の事情もあっての戦闘だ。ここは憶測で話すより、結果報告を待つことにしよう」

　スプルーアンスは憶測でものを言うことを極端に嫌う。

　彼の緻密な頭脳が、『すべては正しいデータを元に計算されるべき』と考えているからだ。

　このことは参謀長となったムーアも良く知っている。

「はい。そろそろ第一報が入る頃ですが……待ちましょう」

　それきり二人の会話は途絶えた。

そして沈黙は、六分後に届いた第一報まで続いたのである。

＊

「報告！　第四戦空艦隊の衣笠および駆逐艦一隻に直撃弾！　衣笠は右舷中央部に一二五キロ徹甲爆弾相当の被害を受けて中波、駆逐艦『護一六』は撃沈されました!!」

午前八時七分。

真っ先に攻撃を受けた南雲忠一率いる第四戦空艦隊。

そこから、ようやく被害の第一報が大和の司令室へ届いた。

「思ったより被害が少ないな」

通信参謀から報告を受けた山本五十六は、表情ひとつ変えずに感想を述べた。

新鋭駆逐艦が撃沈されたというのに、なんとも酷い言い方だ。

だが二〇〇機近い敵攻撃隊に襲われたにしては、言葉通り限定的な被害であることも確かである。

宇垣纏ＭＧＦ参謀長が、これまた渋面のまま進言する。

「どうりで……我が艦隊を攻撃中の敵艦爆が、見慣れぬ新型ばかりだと思っていました。さきほどの報告に一二五キロ徹甲爆弾とありました。おそらく第四戦空艦隊を攻撃したのは、米海軍では旧式になりつつあるＳＢ２Ｕビンジケーターだったのでしょう。新型は、こちらを標的にしていたと判断します」

たしかに宇垣のいう通りだ。

第四戦空艦隊を攻撃した敵航空隊は、挨拶程度に爆撃したのちは、そのまま第一航空艦隊へ突進してきた。

これは最初から攻撃目標を定めていた証拠だ。

「新型というと、半年前ほどにハワイから届いた間諜情報にあった、ええと……SBなんとかという艦爆のことか？」

「報告ではダグラス社製のSBDドーントレスとなっておりますが、なにせ開戦前とはいえ米海軍の機密情報のため、公式にはまだ判明しておりません」

「たしか東亜戦争勃発前まで、米海軍の主力艦戦はF2Aバッファロー、艦爆は複葉のカーチスSBCヘルダイバーと単翼のSB2Aバッカニア、艦攻は開発中となっていたはずだ。

そのわりには、たった一年半で新型機を実戦配備してきた。やはり米国の国力はあなどれんな。英東洋艦隊に航空戦で被害を与えたのが、よほどのショックだったに違いない」

山本はそう言ったが、実際にはすこし違う。


東亜戦争初期段階となる一九四二年一月一六日、シンガポール沖海戦が勃発した。

敵は英東洋艦隊。こちらは井上成美（いのうえしげよし）大将率いる第二航空艦隊だった。

日本側は意図的に空母艦上機による撃沈を狙わず、もっぱら零式陸攻や九六式陸攻、そして陸上配備の九七式艦攻による雷撃で多数の艦船を撃沈している。

これは日本の航空最優先主義（とくに空母艦上機）を秘匿するため、あえて艦爆でトドメを差さない方針が貫かれたからだ。

この隠蔽工作により、連合各国は完全に騙された。

航空魚雷による戦艦撃沈は、たしかに衝撃的だった。だからこそ英海軍は、シンガポール沖海戦のあと、大至急で艦上雷撃機（艦攻）の新規開発と増産の計画を立てたのだ。

しかし合衆国海軍では、艦上雷撃機不用論が根強く残っている。これは米海軍において、いまだに艦爆優先思想が幅を利かせているからだ。

その理由は、

『艦上雷撃機は敵艦へ低空侵入しなければならず、生存率が極めて悪い。しかも米海軍の航空魚雷は不発しやすい。だから、いくら雷撃機の新型を作っても、ひとたび海戦になれば損耗しすぎて、すぐに役立たずになってしまう。

ならばいっそ新型の艦爆を作る。艦爆で被害を与えた後、戦艦同士の海上決戦でトドメを刺せばいい』なのである。

しかも『空母は戦艦の護衛にしかならない』との常識論まであるのだから、少ない艦上機開発予算の大半が艦上戦闘機に与えられ、残りが艦爆、そしておこぼれ程度が艦攻（雷撃機）へ与えられているのが現状だ。

そのような状況下で、いきなり艦攻だけ突出して予算がつくはずもなく、艦上機全体の開発・生産の予算こそ増額されたものの、大半は艦戦と艦爆に振り分けられてしまった。

「ところで……たしかアメリカの正規空母は、一隻に一〇〇機近い搭載機数を誇っていたな？」

いかにも解せぬという表情で、山本は聞いた。

飛んできた敵艦上機は、おおよそ二〇〇機。

これは米空母二隻の保有する艦上機の総数だ。

だがグアム南岸にいた敵空母は四隻。

となれば……あと二隻ぶんが、まだどこかにいる。

本来であれば奇襲なのだから、四隻で総攻撃すべきだろう。

なのに、なにか事情でもあったのだろうか……。

山本は、ふとそんなことを思った。

「はい。二個任務部隊にそれぞれ二隻ずつ。合計で四隻の正規空母がいました」

宇垣も山本の発言を肯定した。

「まあいい。今回は敵に先手を撃たせる策だから、ここは耐えるしかないな」

「東亜戦争以前から準備を整えてきた我々にとり、敵の航空攻撃は充分に対処可能です。現在、我が艦隊の上空には、多数の艦戦と水戦爆が直掩として上がっていますので、彼らをかいくぐって攻撃するのは大変だと思います。

すでに九六式艦戦の頃から、我が方の艦上機の性能は、他国より一世代先んじていました。水戦爆ですら、爆装しなければ九六式艦戦と同等の性能を発揮できます。なので余裕で対処できるでしょう」

宇垣がどことなく自慢げに語った。

すべては戦艦建造に回す予定だった予算と資材／労力を、航空関連に割り振った成果だから、自慢したくなるのも判る。

ただ、相手が航空最優先主義総元締めの山本では、いささか場違いな発言である。

と、その時……。

話を寸断させるかのように、会議室のスピーカーが大音響で鳴りはじめた。

『こちら通信室。艦内各部に緊急報告！　周辺警戒中の天雲二番機より入電！　南東方向・距離四〇キロ、高度二〇〇〇。大型航空機を含む大集団が艦隊めがけて殺到中!!』

通信室は、あえて電話ではなくスピーカーによる一斉放送を選択したらしい。

最優先で大和の各部へ伝えるためだ。

「グアムの陸軍航空隊だな。このぶんだと、残る空母二隻ぶんの航空隊も一緒に襲ってくる可能性が大きいだろう」

冷静な山本の発言に、浮き足立ちぎみになったMGF司令部が静まりかえる。

しかし、その瞬間。

――ドガッ！

鋭い衝撃音がした。

直後。

――ドーン！

今度は至近距離で何かが爆発する大音響。

しかし山本たちは、大和の集中防御区画内にある会議室に陣取っている。

そのため何が起こったかわからない。

すぐに会議室の電話が鳴った。

交換所を通じて艦橋とつなげられた電話だ。

「報告！」

電話に出た通信参謀が、すぐに声を張りあげる。

「続けよ」

短く山本が許可を出す。


「本艦……大和の飛行甲板中央部に、二五〇キロと思われる徹甲爆弾一発が命中！　幸いにも大和の飛行甲板装甲に弾かれ、艦橋左舷の空中で爆発した模様。なお、断片被害は軽微にて、戦闘には支障なし……だそうです！」

報告を聞いた山本の顔に、ほっと安堵の表情が浮かぶ。

大和は簡易装甲空母だ。

舷側や中甲板だけでなく、飛行甲板にも三五ミリ鋼板が敷き詰められている。

ただし、たかが厚さ三五ミリの簡易装甲では、本来なら二五〇キロ爆弾の爆発には耐えられない。

だが、命中したのが徹甲爆弾だったことが幸いした。

徹甲爆弾には遅延信管が設置されていて、艦内深くまで貫徹したのち起爆するようになっている。

そのため命中角度によっては、三五ミリの鋼板でも、バネが弾くようにはね返す場合もある。

今回がまさにそうだ。

甲板ではね返った徹甲爆弾は、遅延信管のせいですぐに爆発せず、空中高くに上がった時点で爆発、結果的に断片による軽微な被害に留まったのである。

だが、幸運は続かない。

ふたたび電話が鳴る。

「榛名の飛行甲板に命中弾の模様！　前部飛行甲板に炎と煙が見えるそうです!!」

今度の電話は、艦橋右舷を監視中の兵が、艦橋内に報告したものが届いたらしい。

「金剛型の簡易装甲は二〇ミリだから、耐えられなかったか……」

そもそも簡易装甲空母は、米海軍の主力艦爆になると想定していたSB2Aバッカニア、およびにカーチスSBCヘルダイバーを想定していた。

両機とも一二五キロ徹甲爆弾を搭載していることは、戦前の調査で判明している。

なので、それに耐えられれば良しとなっていたのだ。

ところが蓋を開けてみれば、米海軍は新型のSBDドーントレスをかなりの数、実戦参加させていた。

SBDは二五〇キロ（五〇〇ポンド）徹甲爆弾を搭載可能だ。

これだと倍ほども性能が違う。

もっとも……。

日本の艦爆は五〇〇キロ、水戦爆ですら二五〇キロなのだから、性能そのものは驚くほどのものではない（日本は戦艦撃沈を最優先事項にして開発した）。

本来なら日本の空母は自軍の艦爆にあわせて、

最低でも二五〇キロ、できうるなら五〇〇キロに耐えられる本格装甲を持たせるべきだろう。

だが戦艦改装の空母ではトップヘビーになりすぎるとして、仕方なく簡易装甲に落ち着いたのである。

これは山本五十六も賛成している。

五〇〇キロ徹甲爆弾に耐えられる飛行甲板装甲を実現するとなると、飛行甲板の高さがトップヘビーに直結するため、どうしても二段格納庫を諦める必要がある。

一時は最新型となる正規空母『越後』型に本格装甲を与える案が浮上したが、その場合、一段格納庫のせいで搭載機数は五〇機に制限されてしまうと試算された。

次世代を担う正規空母の搭載数が、軽空母に毛の生えた程度の五〇機……これでは、とても主力の機動作戦には使えない。

よって泣く泣く六〇ミリ簡易装甲（二五〇キロ徹甲爆弾対応）に留めることになったのだ（ただし六〇ミリでは完全対応とは言えず貫通する場合もある）。

山本が考えに耽(ふけ)っている間にも、次々と報告が入ってくる。

それによれば、上空にいる直掩隊が大活躍しているようだ。

そして無視できないのが、水戦爆を搭載する航空各艦の奮闘である。

各艦で定められた数の直掩機（水戦爆）を上げていたせいで、第一航空艦隊の上空には、なんと総数九六機もの水戦爆が『戦闘機』として戦っている。

F4Fに対してすら、果敢に二機一組で挑んでいる。

むろん新型のF4Fには、優先的に一式艦戦

『疾風』が対応している。こちらは一対一の巴戦をくり広げ、かなり優勢に戦っている模様だ。

こうなると水戦爆の大半は、目標を鈍重なＳＢ２ＡやＳＢＣに定められる。相手が艦爆、しかも緩降下しかできないとなれば、もはや獲物といって良い。

さすがに急降下が可能な新型のＳＢＤドーントレスに対しては、水戦爆では追いつけず、急降下中の敵機の横から一撃を食らわす程度しかできていない。

そのためドーントレスに対しては、急降下前には水戦爆が、急降下中には一式艦戦が対応しているようだ。

「第二航空艦隊より入電！　愛宕が被弾した模様です。後部飛行甲板に大穴が開き、現在のところ離着艦不能とのことです!!」

離着艦不能となれば最低でも中波、格納庫の被害によっては大破判定となる。

さすがに山本の表情が曇った。

「加賀型も三五ミリの簡易装甲ですが、命中角度が悪かったようです」

二五〇キロ徹甲爆弾はドーントレスしか搭載できない。

となれば必然的に急降下爆撃となる。

急降下爆撃は命中角度が深くなる。そのため当たり所が悪く大被害につながったらしい。

「ううむ……この段階での戦線離脱は、かなり問題だな」

まだ戦いは始まったばかりだ。

なのに早くも正規空母一隻が、日本本土でなければ修理できない状況に追いこまれた。

これは第一航空艦隊に所属する榛名も同様だが、榛名は飛行甲板の前部に被弾したため、着艦だけは可能と判断されている。

とはいえ、まだ撃沈された艦はない。

だから山本の判断は贅沢というものだ。

「相模湾で訓練中の第三航空艦隊を呼び寄せますか？」

宇垣参謀長が、すかさず提案する。

「第三航空艦隊は新型の翔鶴型で固めたせいで、まだ訓練途中のはずだ。いきなり実戦に放り込むのは問題がありすぎる。ここは我々でしのごう」

山本の返答にあるように、第三航空艦隊に所属する大鶴（だいかく）／天鶴（てんかく）／翔鶴／瑞鶴（ずいかく）の四隻は、すべて最新鋭の正規空母『翔鶴』型だ。

戦艦を空母に改装する大計画のせいで、初の本格空母となるはずだった蒼龍（そうりゅう）型が廃案になったため、最初から空母として設計されたのは翔鶴型からである（実験的に建艦された鳳翔を除く）。

その虎の子とでも言うべき至宝の空母を、訓練不足でむざむざ失うわけにはいかない……。

山本の判断は、まさに苦渋の決断だった。

そして悪い時には悪い事が重なる。

「報告！　上空直掩中の霧島直掩隊より入電。南東方向から飛来中の米陸軍航空機に、艦上機とおぼしき集団が随伴しているそうです!!」

「来たか。これで全部だ。ここをしのげば勝機も見えてくる」

待っていたかのように、山本が強めの声音を吐いた。

どうやら山本にとっては、敵が増えた事より、敵の戦力が確定したことのほうが重要らしい。

「それにしても水戦爆が大活躍ですね」

黙っていられなくなったのか……。

それまで黙っていた航空参謀が、山本と宇垣の会話に割り込んだ。

「空母の艦戦は、どうしても航空攻撃隊に優先配置しなければならんからな。その点、水戦爆は爆装の有無で、戦闘機にも爆撃機にも使える。この特徴があるから、今回は半数近くを直掩に付けられたのだ」

全艦航空化……。

これは山本が推進した航空最優先思想の結果だ。だから当人も、どことなく誇らしげに見える。

「報告！　グアムの陸上爆撃機と思われる大編隊が爆撃中ですが、我が方の対空射撃により、面白いほど落ちているとのことです。ただ……図体が大きいせいで、撃墜したB－17とおぼしき四発爆撃機が第四水雷戦隊の駆逐艦・鯱〇七に直撃し、大被害が生じている模様です!!」

これは運が悪い。

B－17は全長二二・六メートル、全幅は三一・六メートルもある。

しかも爆弾を満載して飛んでいる。

そんなものに体当たりされたら、駆逐艦といえどもタダでは済まない。

「……鯱〇七、爆沈しました」

まだ投下前だった爆弾が誘爆したのだろうか。

本当に運が悪いとしか言いようがない。

会議室にいる山本たちには断片的なことしか判らず、どうしても悶々とした時間が過ぎていく。

しかし、それも束の間。

「敵航空隊全機、撤収していきます！」

待ちに待った報告が舞い込んできた。

陸上爆撃機と艦上機の半数は来たばかりだが、どうやら陸軍部隊が大被害を受けて弱気になり、あわてて逃げはじめたようだ。

それに釣られて、空母艦上機部隊まで逃げ腰になっているらしい。

「まず被害確認を急げ！」

山本の判断にブレはない。

まず真っ先に行なうべきは、被害確認とダメージコントロールである。

それを間違う山本ではない。

そうこうしている間に……。

毛色の変わった報告が舞い込んできた。

「通信室より伝令！」

まだ若い尉官が会議室の扉を開けて入ってきた。

伝令ということは至急の連絡ではない。

「どうした？」

通常伝令のため、受けたのは通信参謀だ。

「帝国政府から、合衆国政府の宣戦布告状を受理した旨の公式電が届きました。これは暗号なしの平文です。

これとは別に、大本営海軍部より極秘指定の暗号文が届きました。内容は、本日午前八時零分。我が国に対し合衆国政府は、米国大使館経由で宣戦布告状を送致せしめたり。

午前八時一二分。帝国政府は宣戦布告を受理。ここに日米は戦争状態に入れり。よって帝国陸海軍においては、既定の作戦に基づき戦闘行動を開始せよ。以上です！」

報告を受けた通信参謀が、慌てたように小声で言う。

「おい、布告状が届いたのは、本当に八時ちょうどなんだな？」

連絡を受けた山本は、確認の意味で質問した。

「そのように公式電文にはありますが……」

戸惑った通信参謀が、山本の顔を見る。

山本は宇垣に視線を移して口を開く。

「我々が攻撃を受けたのは八時前だ。あきらかに米艦隊の勇み足だな。だが、いまはそのような事にかまけている場合ではない。航空参謀。我が方の航空攻撃隊は、いまどうしている？」

「グアム島の陸上基地を爆撃予定の水戦爆部隊は、グアム島北端から北東三〇キロ地点で待機中です。

敵空母部隊を目標としている第一／第二航空艦隊の航空攻撃隊は、グアム島北端の北西三〇キロ地点で、同様に待機中となっています」

「敵艦隊の位置は捕捉中だな？」

この質問は、本来なら航空参謀に聞くべきものだ。

しかし、あえて通信参謀に聞いたのは、索敵機からの通信を受けるのが通信室だからである。

「現在、大和所属の天雲三号機と四号機が、グアム南方海上を旋回監視中です。一五分前の報告では、グアムの南西にいる部隊は南西方向へ、南東にいた部隊は、一時間前の時点から北北東方向へ移動中とのことでした」

零式双発長距離偵察機『天雲』は、航続距離四二〇〇キロを誇る。

最高速度は六八五キロだが、索敵中は四〇〇キロから五〇〇キロ程度の巡航速度を維持するため、最長だと一〇時間ほど飛び続けることが可能だ。

もちろん今回は、そのような無茶はさせていない。

平時態勢での出撃だったため、四時間ごとに交代してのルーチンワークとなっている。

また、宣戦布告後は撃墜される可能性も出てくるため、現在は高度を保ちつつ、視認できるぎりぎりまで接近しては、すぐに全速力で離脱することをくり返している。

なにしろ逃げ足だけは速い。

六七〇キロ以上に増速すれば、米艦上機はむろんのこと、グアムに配備されている新鋭高速双発戦闘機――ロッキードP38ライトニングですら追いつけないのだ（P38の最高速度は爆装なしで六六六キロ）。

「なぜ北北東へ？　かえって接近する行動ではないか？」

南西に逃げている敵部隊は理解できる。

だが南東にいる敵部隊は、退避とは程遠い行動をしている。

それに気づいた山本が、宇垣のほうを見て聞いた。

「南東の敵部隊は、直接に航空攻撃隊を収容するつもりではないかと。南西にいる敵部隊は、攻撃隊をグアムに降ろして燃料補給をする予定だったせいで、我々の水戦爆隊により攻撃を受けることになります。

その危険性に気づいた部隊指揮官が、急遽艦隊行動を変更したのではないかと。どうやら先読みのできる指揮官がいるようですね」

宇垣が敵将を誉めるのは珍しい。

それだけに、山本には新鮮に聞こえた。

「まあいい。どのみちこっちは、予定通り作戦を遂行するだけだ」

そう答えると、すぐに真顔にもどる。

「では……全部隊に至急連絡。待機態勢を解除し、ただちに各目標へ向けて進撃。遅滞なく攻撃を実施せよ。これは機動連合艦隊司令長官の命令である！」

すでに作戦は実施中だ。

ただし開戦を確認するまでは、合衆国の領空に入らない三〇キロ手前で待機し、いかにも演習を行なっているように見せかけていた。

本来なら、敵航空攻撃隊が攻撃を開始した時点で開戦と判断すべきだ。

だが山本は律義なまでに、『日本政府が宣戦布告を受理した段階で開戦』と判断することにしていたのである。

山本の命令を宇垣が復唱し、各参謀に命令を振り分けていく。

各参謀が席を立ち、大会議室を走り出ていく。

ここに来て作戦司令室となった大会議室は、にわかに騒がしくなった。

第二章　マリアナ沖海戦

一

一九四三年八月二六日　マリアナ方面

現在時刻、午前九時五二分。

場所はグアム島北部にある陸軍ジーゴ予備滑走路。

ジーゴ滑走路は一九四二年夏、グアム中部に設営された陸軍タムニン航空基地の所属として同時期に建設された。

分類上は予備滑走路だが、実質的には北方警戒用の基地として利用されている。

ただし常備している戦力は単発偵察機（ダグラスＯ－43）四機と、滑走路防衛のためのセバスキーＰ35が一〇機のみ。いざ有事となれば、タムニン基地から増援が来るタイプの補完基地でしかない。

当然、陸上施設もバラック作りの管制家屋がひとつ。

燃料はすべて野積みのドラムカン。大きな建物といえば、整備用に作られた木造の格納庫がひとつだけだ。

だが……。

日頃は閑散としているというのに、午前九時を過ぎた頃から、にわかに騒がしくなりはじめた。

多数の艦上機が、我先にと着陸しはじめたのだ。

管制官は一人のみ。しかも陸軍所属のため、相手が海軍機だと色々と問題が出る。

いまも懸命に誘導しているが、なにしろ数が多い。

海軍から受けた作戦予定では、この小さな一本しかない滑走路に、正規空母二隻ぶんの航空隊（一八〇機）が降りてくるというのだ。

しかも大半の機が燃料ぎりぎりという惨憺たる状況……そこで無理を承知で、着陸間隔を短くするよう指示を出している。

着陸させた艦上機を、かたっぱしから滑走路の左右にある空き地へ移動させる。

なんとも単純な方法だが、これしか方法がなかった。

そして二〇分ほどたった現在、なんとか一五〇機ほどを降ろすことに成功した。

残りの三〇機――航続距離の長いF2Aバッファローについては、上空で待つより所属部隊へ戻したほうが良いと判断し、そのまま南の海上へと誘導した。

これで一段落……。

そう管制官が胸を撫で下ろした瞬間。

北方を目視観測していた警備隊員が、あたかも羽虫の大軍のように見える多数の黒点を発見した。

「……敵襲！」

数秒後、別の警備隊員が叫ぶ。

彼は滑走路防衛用に設置されている、一二・七ミリ対空機銃の要員だ。

そのため発射しながらの報告となった。

「なんだ、あの機は……」

着陸したあと愛機の近くにいたF4Fのパイロットたちが、茫然と北の空を見上げている。

そこに見えたのは、大きなフロートを二個ぶらさげた日本海軍の水上機だった。

「ちくしょう！　燃料さえ入ってれば、あんな水上機なんか一網打尽なのに!!」

水上機は艦戦に勝てない。

これが世界の常識だ。

つい先ほど行なった航空攻撃でも、直掩に上がっていた水上機は、二基一組でないと襲ってこなかった。

だからパイロットの言うように、Ｆ４Ｆに燃料さえ入っていれば、ただちに空へ舞い上がって撃ち落とせるはず……。

だが、肝心の燃料タンクは空っぽだ。

まず艦爆のＳＢ２ＡバッカニアとＳＢＤドーントレスを着陸させ、最後にＦ４Ｆが地上に降りた。

そのため燃料補給の順番は、まず艦爆からとなっていたのだ。

その艦爆も、まだ大半の機が燃料を補給できていない。

なにしろドラム缶から人力ポンプで補給している。

たかが十数名の基地整備員たちでは何時間もかかる。

それでも予定では、給油した機から編隊単位で離陸し、順次空母へ戻ることになっていた。

しかし、すべては水の泡だ。

「緊急出撃！」

管制施設に設置されている屋外スピーカーから、管制官の叫ぶような声が聞こえてきた。

それに連動して、五名の陸軍パイロットが駐機場に走りはじめる。

彼らは防空任務についているセバスキーＰ35の搭乗員だ。

総数だと二個編隊一〇機いるが、緊急出撃に対応しているのは半分の一個編隊五機のみ。

相手は水上機。

だが数が物凄い。

どう見ても二〇〇機はいる。

それもそのはずで、MGF司令部が出撃させた水戦爆は、第一航空艦隊／第二航空艦隊／第四戦空艦隊に所属している機の一部――二一二機だった。

　とくに前方展開していた第四戦空艦隊には、グアム北部にある滑走路を攻撃するよう命令されているため、所属する大半が殺到する結果となった。

　半面、後方にいる第一／第二航空艦隊の水戦爆は、グアム中部にある陸軍航空基地を攻撃するよう命じられている。

　となると第一／第二航空艦隊の直掩が手薄になりそうなものだが、そこに抜かりはない。

　なんとサイパン南部にある帝国陸軍オブヤン飛行場から、九七式戦闘機二〇機と一式戦闘機『隼（はやぶさ）Ⅱ型』三六機が艦隊支援のため来てくれたのだ。

　ところで……。

二五〇キロ通常爆弾を搭載した水戦爆は、恐ろしいほど鈍重になる。

　そこで作戦では、最初に目標へ到達する第四戦空艦隊の水戦爆の一部は、最初から爆装せずに護衛戦闘機役として出撃していた。

　それら身軽な水戦爆八個編隊四〇機が、滑走路から慌てて飛びたってきたP35に襲いかかったのである。

＊

「P35相手なら、一対一でも大丈夫なのに……」

　箕沼恒三（みぬまこうぞう）上等兵は、不満たらたらの声を出した。

　彼は水戦爆に搭乗している操縦士だ。

改装母艦『千代田』飛行隊所属、第一編隊三番機となっている。

　声をかけた相手は、背中合わせに後部座席へ座っている下北喜一（しもきたきいち）一等兵である。

「たしかP35って、一〇〇〇馬力級の戦闘機ですよね？　最高速は四六〇キロくらい。武装は一二・七ミリが二挺に七・七ミリが二挺だったような……けっこう強そうですけど」

下北が言うように、武装はかなりのものだ。

両翼に一二・七ミリ二挺／後方銃座に九・二ミリを一挺しか持たない水戦爆『戦風』からすれば、充分に強武装だといえる。

しかしP35の実戦配備は九六式艦戦とほぼ同時期。

平時に集めた情報をもとに性能比較したところ、カミソリの異名を持つ九六式艦戦の敵ではないとの評定が下っている。

ならば爆装しなければ戦える。

九六式艦戦と同程度の戦闘能力を持つ戦風ゆえに、かなり有利な戦いができる……。

そう箕沼が判断するのも当然だ。

だが千代田飛行隊の航空長から受けた命令は、『二機一組で対処。編隊の残り一機は、二組の護衛に専念すること』となっている。

「後方より一機接近！　射ちます!!」

パパパパパッ！

軽快な九・二ミリ機銃の発射音がコックピット内に鳴りひびく。

だが後部機銃では、なかなか当たらない。

「それっ！」

射撃音と同時に、箕沼は操縦桿を左へ倒す。

たちまち機体が左側へロールする。

直後、愛機のいた空間を、敵機の一二・七ミリ機銃弾が切り裂いていった。

「ふう……あとは任せましたよ！」

安堵のため息をついた箕沼は、上空で待機している編隊一番機・芦田智行（あしだともゆき）編隊長（一等兵曹）の機体を見上げながら、聞こえるはずのない声をかけた。

＊

こちらは第一航空艦隊・航空軽巡『木曽』飛行隊所属の水戦爆。

木曽飛行隊には一六機が所属している。

内容は隊長機が一機。残りの一五機で三編隊を構成している（水戦爆は搭載艦の保有機がまちまちなため、出撃編成は各艦の航空長に一任されている）。

隊長機は、編隊全体を守るため爆装していない。

ということは、木曽飛行隊は一五発の二五〇キロ通常爆弾を投下することが可能な計算になる。

「うひょー！　うじゃうじゃいるぜ!!」

三番編隊四番機に乗る久留島英太一等兵は、滑走路の左右に散らばっている多数の米艦上機を見て、興奮のあまり脳天から声を出した。

「さっさと爆弾落として、あとは銃撃でしとめましょうよ」

後部座席担当の丸山剛二等兵が、焦ったような声で久留島を促す。

先ほどから、少数ながら敵戦闘機が上がってきている。

水戦爆は、爆弾を抱えたままでは戦えない。

それを熟知している丸山だからこその助言だ。

「おう、やるべー」

つい出身の埼玉弁が出る。

久留島は埼玉生まれの埼玉育ち。海軍入隊後は、適性検査に合格したのち、霞ヶ浦の第二飛行学校に配属させられた。

第二飛行学校は、航空最優先主義に基づき一九三四年に増設された。定員は四〇〇名。一年間の短期集中育成ののち、日本各地にある海軍航空隊へ配属させられる。

艦上機／水戦爆／その他の水上機／陸上機／その他……航空隊ごとに訓練する機種が割り当てられているのだ。

飛行学校を卒業すると同時に、将来自分がどの機種に乗るのか決定する仕組みになっている。

もちろん花形は艦戦搭乗員だ。

つぎに艦爆／艦攻と、空母所属機がトップを占めている。

その次が水戦爆。次が飛行艇。残りが陸上航空隊所属の陸攻や偵察機その他となっている。

さすがに艦上機乗りにはなれなかったが、それでも機動連合艦隊に所属して最前線で戦える水戦爆乗りは、それ相応に憧れの対象となっている。

だから……。

初陣で、なんとしても手柄を立てたい。

爆弾を落とす前に撃墜されるなど話の外……。

そう思った途端。

久留島は操縦桿を前に倒し、五〇度緩降下爆撃の態勢に入っていた。

緩降下とはいえ、五〇度ともなると、かなり急角度で落ちるような感覚になる。

急降下フラップなどという洒落（しゃれ）た代物（しろもの）はついていない。

速度を出しすぎたら、そのまま地面に激突する。

「後方に敵影なし」

空しか見えない丸山が、ヒマなのか声を張りあげる。

高度四〇〇メートル。

滑走路の右側前方空き地に、五機ほどのＳＢＤが集まっている。

どうやら給油作業中らしい。

久留島は、この五機に狙いを定めた。

高度三〇〇メートル。

左手は投下レバーをにぎり締めたまま。右手だけで操縦桿を支える。

高度二五〇メートル。

もう地面は目と鼻の先だ。

「ていッ！」

思いっきり投下レバーを引く。

ガタンと音がして、胴体下から二五〇キロ通常爆弾（留散弾仕様）が離れていく。

爆弾投下の反動で、ぐんと機体が持ち上がる。

その機を逃さず、思いっきり両手で操縦桿を引く。

だがスロットルは、まだ開かない。

高度一五〇メートル。

地上にいる米兵たちの顔まで見える。皆、恐怖に引きつっている。

その時。くいっと機首が持ち上がった。

同時にスロットルを全開にして、二段加給器のブースト圧も最高にする。

――グォン！

たちまち火星二四型一五〇〇馬力エンジンが吼えはじめる。

水平になった機体が、追突されたように加速しはじめる。

操縦桿は、めいっぱい引いたままだ。

それでも重いフロートが影響して、なかなか高度が上がらない。

「命中……かな？」

今度は一転して地上しか見えていない丸山が、あやふやな報告をしてきた。

「なんだよ、それ」

「いえ、爆弾は命中しなかったんですけど、五機が囲んでる真ん中に落ちたんで、これは命中でいいかなって……」

「それ、命中だよ、命中！　それで肝心の戦果は？」

「真ん中にあったドラムカンの山が爆発して、五機とも吹っ飛びました」

「うほほ、やった！」

一瞬、失敗かと思った久留島。

じつは大戦果とわかり、天にも昇るような声を出した。

そして喜びも束の間。

真剣な表情にもどり、前方に広がる視界のすべてに注意をむける。

「……敵影、ないな。よし、このまま地上にいる敵機を銃撃する」

「了解。後方は任せてください」

丸山の軽快な返答。

久留島は操縦桿を左に倒しつつ、フットバーの左側を踏みむ。

機体が徐々にスライドしながら、左へ旋回していく。

ゆっくりと操縦桿を前に倒していき、滑走路を左回りに半周するかたちで高度を落とす。

そして……。

高度五〇メートル。

今度の目標は、滑走路の左側に並んでいる未破壊の敵艦上機。

そこに向けて、両翼の一二・七ミリ機銃を発射しはじめた。

――ダダダダダッ！

九・二ミリより重い音、発射間隔は長い。

しかし五発に一発の割合で混ざっている曳光弾のおかげで、目標に機銃弾が当たっているか否かは一目瞭然だ。

「三機……五機……八機！」

上空を通過しつつの銃撃のため、機体を粉砕することはできない。

　そこで命中したとおぼしき機を数え、あとで『推定破壊』の報告をすることにした。

「上空に敵機なし。こっちはヒマです」

　後部座席の九・二ミリは構造上、下方にむけて発射できない。

　そのため丸山は、射ちたくても射てない。

　なので愚痴を言うしかないらしい。

「そう言うな。俺たちの愛機が上げた戦果だ。貴様も一緒の手柄だぞ」

「はいはい」

　軽口を叩くくらい余裕が出てきた。

　上がっていた敵戦闘機は、すべて撃墜したらしい。滑走路上空を飛んでいるのは水戦爆のみだ。

　あとは散発的に射ってくる対空機関銃や、二門だけある八センチ高射砲の射撃に気を付けていれば、もはや無人の荒野を行く感覚でしかない。

　その対空射撃も、水戦爆がひらりひらりと低空を舞うたびに沈黙していく。

　このぶんでは、弾丸が尽きる前に敵機を全滅させられそうだった。

二

八月二六日午前一〇時　グアム南方

「……グアムの……はあはあ。タムニン、航空基地……より、至急……はあ。連絡が、届いて、います……」

　ノースカロライナの艦橋にいるフレッチャーのもとへ、通信室から伝令が走ってきた。

　かなり急いだのか、息を切らし激しく喘いでいる。

　本来なら艦橋スピーカーを通じて報告するはずだが、至急であっても重要案件であれば、正確をきすため伝令を使う場合もある。

「まず息を整えろ。報告はその後だ」

フレッチャーは長官席に座ったまま、珍しく兵をいたわる素振りを見せた。

一分後……。

ようやく普通に話せるようになった伝令は、おもむろに電文を広げ読み上げた。

「グアムのタムニン航空基地より緊急通信です。本日午前九時五二分。貴艦隊所属の航空隊を収容中のジーゴ予備滑走路が、日本海軍の水上機集団に襲撃を受けた。

飛来した機数はおよそ二〇〇。敵水上機は、銃撃だけでなく爆撃も実施した。ジーゴ滑走路守備隊所属の迎撃機が緊急出撃したが、全機撃墜された。

地上駐機中の貴艦隊艦上機は、七機を残し全滅。守備隊も壊滅。報告を送ってきた守備隊所属の軍曹は、守備隊長の命令を受けて付近の民間人家屋へ駆け込み、そこから一般電話で当基地へ連絡してきた。

しかし、その時点において、すでに当基地も敵の水上機集団の攻撃を受けている最中だったため、貴艦隊への連絡が遅れてしまった。

当基地も陸軍爆撃隊を収容中だったが、緊急出撃した迎撃隊が一〇機以上離陸に成功した結果、未確認報告ながら八機の水上機を撃墜したとなっている。

当基地の被害は甚大で、着陸した爆撃機はいずれも銃爆撃により破壊もしくは破損。地上にいた迎撃機と艦上機も大半が破壊されてしまった。管制塔および司令部家屋は爆撃により全壊。

幸いにも格納庫内で整備中だった爆撃機の半数は無傷で残った。しかし滑走路にも爆弾が命中しているため、補修が完了するまで再出撃は不能。

以上、合衆国陸軍タムニン航空基地司令官……以上が通信全文です」

「………」

フレッチャーは、いま何を告げられたのか理解できないような表情を浮かべた。

実際、伝令の言葉が頭の中で空回りしている。

その空回りは、第16任務部隊参謀長のマイルズ・ブローニング大佐がやってくるまで、およそ三〇秒ほども続いた。

「……長官。予定通り帰投したF2Aバッファロー二〇機、全機を格納庫へ収容しました。現在は給油を行なっております」

「……あ、ああ？」

「長官、どうなされたのですか？」

伝令を横に立たせたまま、フレッチャーは別のところを見ている。

異常を感じたブローニングは、伝令の手にある電文を渡すように告げた。

すぐに速読する。

「……こ、これは！」

ブローニングまで卒倒しそうな雰囲気だったが、あやうく踏みとどまる。

「長官！　我が部隊の航空隊は、ほぼ全滅です!!　ですので……ただちに第17任務部隊へ緊急通信を送り、むこうの攻撃隊の状況を確認してください。そうしないと、今後の作戦遂行が不可能になります!!」

声で頬を引っぱたくような激しさ。

その勢いでブローニングが詰めよる。

ようやくフレッチャーは我にかえった。

「……そうだ！　帰還したF2A隊からの報告では、たしか敵空母二隻に爆弾を命中させたとあったな？

あれは我が航空隊の戦果だから、スプルーアンスの航空隊と陸軍爆撃隊が、さらなる戦果を上げているかもしれん。よし、ただちに連絡して戦果の確認をしろ！」

気がついたものの、まだ正気には程遠いらしい。

「いえ……長官。戦果確認も大事ですが、第17任務部隊の現状を確認するほうが先です。もし第17任務部隊の攻撃隊まで大被害を受けていたら、作戦は中止せざるを得なくなります」

「作戦中止!?」

「我々が敵空母を殲滅しないと、ハルゼー長官の部隊がマリアナ海域へ入った途端、敵の航空攻撃を受けることになります。

ハルゼー長官の指揮下には、艦隊護衛用の軽空母が二隻しかいません。インデペンデンスとプリンストンがそうですが、新鋭の軽空母とはいえ、艦隊護衛に特化されている関係で、搭載している艦上機はすべてF4Fなんです。

つまりハルゼー長官の部隊は、敵艦隊に対し航空攻撃を実施する手段を持っていません。なので我々が全滅すると、敵航空隊のやりたい放題になってしまいます！」

必死になって説明するブローニング参謀長。

それを見ているうちに、フレッチャーもようやく現状を理解しはじめた。

「そうか……ならば現状確認を最優先にしよう。では……」

フレッチャーが命令を下そうとした時。

艦橋右舷のデッキから報告が飛んできた。

「グアム方面より敵機の大集団！　距離……二〇キロ前後！」

「なにっ！」

二〇キロといえば目と鼻の先だ。

しかも敵機はグアム上空を通過してきた。

ならば、グアムの陸上レーダー基地から連絡があってしかるべき。

そう思ったフレッチャーだったが、すぐにブローニングから説明が飛んだ。

「憶測ですが、敵はグアムの航空基地や滑走路を大規模銃爆撃するくらいですので、真っ先に、我が方の陸上レーダー基地を機能不全にしていると思います」

「そ、それじゃ、我が部隊のレーダーは!?」

ノースカロライナ級戦艦からは、艦橋トップに最新鋭の対空/対水上レーダー『SC－2』が設置されている。

これは現時点において、モンタナ級とノースカロライナ級/サウスダコタ級しか装備していない。

その性能は、対水上が三〇キロ前後（ただし水平線上に敵艦の上部構造物が出ている状況のみ）、対空だと八〇キロとなっている。

対空は八〇キロ。

となれば、もっと早く発見できていて当然……。

「長官。現在、我が部隊は退避行動中のため、全面無線封止を実施しています。当然、電波を巻き散らすレーダーも停止させています」

「うう……」

「直掩隊より入電。敵機確認、日本海軍の新型艦上機です！　どの直掩機も識別陰影に該当なしと送ってきています!!」

合衆国海軍が把握している日本の艦上機は、東亜戦争において英米蘭豪四ヵ国が入手した交戦情報に基づいている（戦前のデータは公開情報とスパイによって入手）。

東亜戦争において、日本海軍は合衆国を欺くため、あえて九六式艦戦/九七式艦爆/九七式艦攻といった、現在では旧型となっている艦上機で戦ってきた。

そのため合衆国海軍の海軍艦上機対策も、これらに基づいたものとなっていたのだ。

「ううう……どこまで日本軍は……」

「長官、戦闘開始命令を！」

　ふたたび惚けそうになったフレッチャーを、ブローニングが懸命に奮い立たせる。

「戦闘開始！」

　惚けても司令長官。

　なんとか最低限の命令だけは発することができた。

＊

　午前一〇時一二分。

「作戦任務艦隊司令部より入電！」

　戦艦サウスダコタの艦橋にいたスプルーアンスのもとへ、通信室から伝令がやってきた。

「報告せよ」

「はっ！　午前一〇時八分、第16任務部隊上空に敵艦上機の大集団が襲来。現在交戦中とのことです」

　スプルーアンスはすでに、フレッチャーの攻撃隊が全滅に近い被害を受けたことを知っている。

　なぜなら、グアムの陸軍航空基地からの連絡を傍受したからだ。

「収容したＦ２Ａは、まだ直掩に出せていないはずだ。となると第16任務部隊の上空には、二〇機程度のＦ２Ａしか直掩についていないことになる。

　これでは到底守り切れない。せめてＦ４Ｆが残っていれば何とかなったかもしれないが……Ｆ４Ｆは全機、航空攻撃隊に参加させていた。まあ、これは我が航空隊も同じだが……」

　スプルーアンスはフレッチャーの航空隊が単独行動をしはじめた時点で、帰投中の味方航空隊をグアムに降ろす危険性に気づいた。

とくにスプルーアンスの航空隊は、タムニン航空基地の陸軍爆撃隊と一緒に降りることになっていたため、真っ先に攻撃目標になりやすい。

そこでフレッチャーが単独行動に出たことを理由に、第17任務部隊も退避場所を変更し、北北東八〇キロ地点としたのだ。

八〇キロ南東に退避するはずが八〇キロ北東へ前進するのだから、合計で一六〇キロを稼ぐことができる。

むろん、敵空母の攻撃半径内にすっぽり入る。

だからこれは極めて危険な賭けである。

しかしスプルーアンスは思った。

むざむざ航空隊を失うくらいなら、危険を承知で確実に収容する、と。

「索敵機は出しているな？」

重巡クインシー／ビンセンスに所属する水上機・四機が、いまグアム東方沖を監視中だ。

もし敵航空隊が飛んできたら、必ず見つけることができるはず。

何事も完璧でなければ気が済まない、スプルーアンスらしい一手だった。

午前一〇時三三分。

「航空隊、着艦態勢に入りました！」

ようやく燃料ぎりぎりの航空隊が戻ってきた。

それらを全力で収容するため、二隻の正規空母は着艦進路を維持したまま航行している。

「先に艦爆隊を降ろせ。艦戦隊は全機、ぎりぎりまで上空直掩を行なうよう厳命する。疲れているだろうが、敵航空隊の脅威が払拭できるまで、なんとしても踏ん張ってほしい。ただちに伝えよ」

スプルーアンスが直接、具体的な命令を個々の部門に下す。

これは航空参謀を飛び越えるものだけに、よほどの重大事でもないかぎり行なわれることはない。

そのことを承知しているムーア参謀長が、確認することなく命令を復唱する。

参謀長が復唱すれば、結果的に指揮系統は乱れない。

実際問題、F4Fの航続距離は一二三九キロ、F2Aは一五五〇キロだから、片道だと約六二〇キロと七七五キロとなる（飛行状況や機体により二〇キロほどの差が出る）。

スプルーアンス部隊の現在位置は敵艦隊から五七〇キロ。

両機種とも、ある程度は燃料が残っているはずだ。

すなわちスプルーアンスは、二隻の正規空母が保有する大半の艦上機を、そっくりそのまま直掩機として流用するつもりなのだ。

もしかすると、敵攻撃隊がやってくるのが遅ければ、燃料が尽きて着艦を余儀なくされるかもしれない。

そうなればお手上げだが、現時点でフレッチャー部隊が攻撃を受けたところを見ると、遅からずして自分の部隊へもやって来ると確信しての命令だった。

「収容を急げ。同時に全艦、最大限の防空態勢を取れ。敵機が現われたら、攻撃開始命令を待つ必要はない。見つけ次第、対空戦闘へ入れ」

そうスプルーアンスが言い終えた時。

サウスダコタの艦橋右舷デッキにいる上空監視員が叫んだ。

「北方より航空機の大集団！　距離二〇キロ前後、高度四〇〇〇!!」

発見した距離からみて、どうやら双眼鏡による監視中だったようだ。

ちなみにスプルーアンス部隊も無線封止中のた

め、レーダーは可動していない。

「対空戦闘、用意。接敵後は直ちに戦闘へ入れ！」

ムーア参謀長の復唱は、スプルーアンスへの信頼で満ちていた。

＊

時は少し遡（さかのぼ）った午前八時七分。

場所はサイパン東北東一三六〇キロ海域。

この位置は、ウエーク島から西へ一〇〇〇キロほど進んだ場所となる。当然、ミッドウェイ島よりマリアナ諸島に近い。

「作戦予定通り、このまま進む！」

第4任務部隊旗艦の戦艦モンタナ。

モンタナ型は、設計段階の戦艦大和より全長が長いため、文句なしに世界最大の戦艦だ。

しかし艦橋は他の新鋭戦艦とあまり変わらないため、艦橋にいるかぎり巨大さは感じられない。

その艦橋の右舷前方に設置された長官席に、いまハルゼーはどっかと腰を降ろしている。

先ほど告げた命令も、葉巻を口にくわえながらだ。

いまハルゼー率いる三個任務部隊は、直率の第4任務部隊を分離し、三〇ノットで驀進（ばくしん）させている。

三〇ノット……。

戦艦を中核とする部隊では、まったく非常識な速度だ。

なにしろ第4任務部隊に所属するモンタナ級四隻——モンタナ／オハイオ／マサチューセッツ／アラバマは、全艦が三二ノットの最高速度を誇っている。

さすがに最高速度で何時間も突っ走るのは無理なため、二ノット落とした三〇ノットで、日本艦隊のいるマリアナ諸島まで疾走するつもりなのだ（それでも無茶に変わりないのだが、ハルゼーならやる）。

「後方に置いてきた二個部隊に対し、あらためて追撃命令を出しますか？」

ロバート・B・カーニー参謀長（大佐）が、言わなくていい言葉を吐いた。

カーニーは前参謀長だったマイルズ・ブローニング大佐（現在はフレッチャー部隊の参謀長）が降格人事を受けて交代した人物だ。

もともとハルゼーとブローニングの関係は良好だったのだが、日頃の言動に問題ありとしてキング司令長官に更迭された。

そこでキングは、次の参謀長として三人の候補を提示した。選択肢を限定されたハルゼーは、しかたなくカーニーを選んだという経緯がある。

当然、二人で艦隊指揮を行なった期間は短い。

しかもハルゼーが望んで交代させたわけではないので、まだ二人とも、どことなくぎくしゃくした関係となっている。

いまの発言も、カーニーからすれば命令の徹底を計るためのものだろうが、ハルゼーから見れば、たんに無駄口を叩いてイラつかせていると感じてしまう。

「いらんことはするな。無線封止を解除してまで行なうことではない。我々は予定通り、接敵まで無線封止を貫く」

後方にいる二個任務部隊は、いずれも鈍速の部隊だ。

トーマス・C・キンケイド少将率いる第18任務部隊と、フォレスト・P・シャーマン少将率いる第20任務部隊には、二一ノットしか出ない鈍速戦艦ばかりが配備されている。

そこで宣戦布告前までは一緒に行動していたも

のの、いまはハルゼーが一撃を加えた後の残敵相当として、おっとり刀で進撃している。

「サイパンにいる日本飛行艇の哨戒範囲に入る直前、進路を北西に変更する。その後の進路については、スプルーアンスたちから送られてくる戦闘報告を見てから決める」

「了解しました」

　進言をけんもほろろに拒否されたカーニーは、それでも気丈に返答した。

　ちなみに……。

　一三六〇キロを三〇ノットで踏破するには、おおよそ二四時間が必要だ。

　なので、このまま一直線に進めば、明日の午前一〇時前後にはマリアナ諸島付近へ到着する。

　むろんハルゼーとしては、昼間に敵空母部隊へ接近するつもりはない。

　昼間は敵の索敵機も多数飛んでいる。まっしぐらに向かえば、離れた位置で発見されてしまうだろう。

　そうなれば敵の空母航空隊の餌食だ。

　モンタナ級であれば、もしかすると被害を受けつつも突進を成功させ、そのまま敵艦隊へ殴り込めるかもしれない……。

　少なくともハワイの太平洋艦隊司令部ではそう判断し、キンメル長官も、いざとなれば被害覚悟で敵艦隊を殲滅せよと命令を下している。

　しかしハルゼーは、完成したばかりの虎の子戦艦を傷つけるつもりは毛頭（もうとう）なかった。

　フレッチャーとスプルーアンスの部隊が、自分たちの花道を用意してくれる。

　航空攻撃で傷ついた敵艦隊を夜襲し、こちらは無傷のまま敵を全滅させる。

　それがハルゼーの美学だ。

　そのため二四時間の大半は、敵索敵機から身を隠すための迂回行動に割り当てることにした。

二人が話を打ちきり、ひとときの静寂が艦橋に訪れた。

その静寂を切り裂くように。

艦橋内スピーカーを通じて、通信室からの連絡が届く。

ちなみにモンタナ級の艦内スピーカーは、艦内有線電話と連動する最新型だ。

これは大和の交換所システムより一歩進んだ仕組みで、交換所の采配で、宛て先を電話もしくはスピーカーか選ぶことができる（すべての部門を宛て先に指定すれば全艦一斉放送になる）。

全体に知らせる時はスピーカー、個別に知らせる時は電話と、目的に応じて使い分けられるのだ。

『フレッチャー攻撃隊、敵艦隊への攻撃に成功！　空母三に命中弾！　他にも軽巡一を破壊。駆逐艦数隻を撃沈！』

報告は勇ましいが、良く内容を見てみると戦果に乏しい。

「さすがに艦爆で、空母や戦艦を撃沈はできんだろうが……艦上機を四〇〇機、陸軍爆撃機を六〇機あまりも出した割には、命中弾そのものが少なすぎやしないか？　フレッチャーは訓練をサボっていたのか？」

案の定、ハルゼーは不機嫌になった。

「そのことですが……つい先ほど、宣戦布告前にフレッチャー部隊から送られてきた通信に、作戦を一部変更する旨の通告がありました」

「なぜ知らせなかった⁉」

おずおずと報告したカーニーだったが、やっぱり怒られた。

「あの時点では、合衆国政府による宣戦布告を傍受することが最優先事項となっていましたので、いったんすべての通信業務を中断し、開戦命令の受信のみに集中していました。

ですので、私のところへ伝わってきたのも、つい先ほど……五分ほど前だったのです」

　思わず腕時計を見るハルゼー。

　その針は午前八時一六分をさしている。

「……ううむ。事情を鑑（かんが）みるに仕方ないか。それで、作戦変更の内容はどうなっていた？」

「予定通りの戦果を得るため、フレッチャー攻撃隊は単独で先行、スプルーアンス攻撃隊のみが、グアムの陸軍航空隊と合同で作戦を遂行するとのことでした。

　作戦の時系列的な予定に変更はありません。作戦行動の一部変更は作戦司令長官の専任事項ですので、我々にとって緊急性はないと判断、通信室長の権限で報告を後回しにしたそうです」

「うむ……たしかにその通りなのだが、さてはフレッチャーのやつ……」

　そこまで口にしたハルゼーだったが、その後の言葉は呑みこんだ。

　いくら『暴言王ハルゼー』とはいえ、他の作戦司令長官を露骨に非難しては問題が出る。

　それくらいの分別は持ち合わせていた。

「まあ、戦果はスプルーアンスからの報告とあわせて待つとしよう。どのみち俺たちの作戦予定を変更する必要はない」

　日本の艦隊がどれくらいの被害を受けるかは未知数だ。

　だがスプルーアンスたちには、日本空母を最優先で狙えと命じている。

　だから、それなりの戦果は期待できるはずだ。

　そして空母が足手まといになる夜間を狙って夜戦を仕掛ければ、圧倒的な打撃力を誇るハルゼー指揮下の部隊の敵ではない。

　気をつけなければならないのは、夜戦の前に、敵艦隊に見つかることだけだ。

　だから徹底して隠密行動に終始し、進路も複雑に変える。

　勝負は明日――八月二七日の日没後。

　その頃には、マーシャル諸島で発生した台風の影響も出てくる。

　海が荒れてくれれば、空母は役立たずになる。

　その一瞬にハルゼーは賭けていた。

　だが……。

　午前一〇時、信じられない報告が舞い込んだ。

　報告してきたのは、グアムのタムニン陸軍航空基地だ。

　それによれば、北部にあるジーゴ予備滑走路に降りたフレッチャー攻撃隊が、なんと水上機の大編隊に襲われ、ほぼ壊滅したという。

　にわかには信じられない報告だったが、よほどの被害がなければ『壊滅』など送って来ない。


　そして悲報は続いた。

　午前一〇時一二分、今度は無線封止していたフレッチャー部隊からの緊急通達だった。

　その時点でフレッチャー部隊は、二八〇機に達する日本の艦上機に襲われはじめていた。

　いわずもがな、日本の第一航空艦隊による全力出撃である。

　そして戦闘が終了した午前一〇時三四分。

　フレッチャー部隊は二隻の正規空母――レキシントン／サラトガを失った旨を報告してきたのだった。

　他にも戦艦ノースカロライナ／ワシントンが、魚雷と五〇〇キロ徹甲爆弾を受けて中波。重巡ニューオリンズが大破。軽巡ジュノーが撃沈。駆逐艦一隻が大破となっている。


　戦艦が沈まなかったのは、攻撃が空母に集中したためと、爆弾一発／魚雷一発ずつを命中させた後は、意図的に目標から外されたためだ。

空母は、航空攻撃で簡単に沈む。

しかし戦艦は、寄ってたかって多数の魚雷をぶち込まないかぎり沈まない……これが英東洋艦隊が送ってきた戦訓である。

この連合国共通の戦訓を、山本五十六は逆手に取って戦っている。

「やはり空母は駄目か……」

どちらかというと空母の未来性を信じていたハルゼーですら、ため息混じりで吐き捨てた。

しかし、そこで意気消沈するハルゼーではない。

すぐに気を取りなおす。

「まあいい。スプルーアンスからの報告はまだだが、フレッチャーよりはうまくやってくれるだろう。俺たちは、自分たちのやることをやるだけだ」

そして……。


ハルゼーが待ちわびていたスプルーアンスからの報告は、なんと午後二時になってからだった。

いや……。

スプルーアンスの航空隊による戦果報告なら、午前八時二〇分に届いていた。

つまりハルゼーがフレッチャー部隊の大被害を知る前の段階で、スプルーアンス部隊の戦果は届いていたことになる。

なのにハルゼーが『まだ』と言ったのは、陸軍航空隊の戦果やスプルーアンス部隊の現状も含めた『総括的な戦闘結果』がまだ届いていないと言いたかったからだ。

八時二〇分の報告によれば、日本艦隊の高角砲の威力が凄まじく、なかなか空母に接近できなかったとある（むろん異常なほど多数の直掩機に行く手を阻まれたことが最も大きい原因。とくに水戦爆が過剰なほど直掩していた）。

肝心の戦果も、空母一隻にしか命中弾を与えられなかったようだ。

被害艦は第二航空艦隊の正規空母『愛宕』で、フレッチャー部隊の攻撃で被弾していたところを集中的に狙われたらしい。被害程度は大破で、すでに艦隊離脱して日本本土へ向かっている。

陸軍航空隊に至っては、爆撃進路に入った途端、片っぱしから撃ち落とされたらしい。

原因は、陸軍機が五〇〇メートルという低高度で爆撃侵入したためだ。

高角砲や両用砲だけでなく、対空機関砲や対空機銃に滅多射ちにされてしまったらしい。

これはひとえに、合衆国陸軍航空隊の軍事ドクトリンのせいだ。

高々度からの水平爆撃は、たしかに被害を受けにくい。だが確率散布界に基づいて実施する水平爆撃は、高度を取れば取るほど命中率が落ちてしまう。

そこで危険を承知で低空水平爆撃を実施したのだが、あまりにも日本海軍の対空能力を侮(あなど)った行動であった。

これは余談だが……。

極大空母『大和』の飛行甲板にある張り出しスポンソン。そこに設置されている一〇基二〇門の一二・七センチ五五口径連装高角砲。

これは東亜戦争開戦前の一九三八年、当時のドイツより技術提供として設計図が渡された、ラインメタル社製ＦｌａＫ40を元に開発されたものだ。

ＦｌａＫ40は一二・八センチ六一口径、大和のは一二・七センチ五五口径と、けっこう違っている。これは艦艇用に速射性を重視した結果、あえて一部改良したからだ。

元のＦｌａＫ40は、一万六七五メートルもの有効高度を誇る。大和のものはそこまで行かず、九六五〇メートルが有効高度となっている。

帝国陸軍もＦｌａＫ40を軽量化したものを量産開始している。すでに南洋各地に配備され、現地の防空の要となっているらしい。

同様に一〇センチ五〇口径単装速射砲も、ＦｌａＫ39の設計を元に開発されたものだ。

当然、既存の高角砲や両用砲とは次元の違う、速射能力と命中精度を誇るものとなっている。さすがはドイツの技術力である。

これらの最新鋭高角砲は、いまのところ大和と翔鶴型空母、長門型航空戦艦のみに搭載されている。今後も改装順番が回ってきた戦艦／空母／重巡／軽巡に換装予定となっている。

ちなみに駆逐艦などの小艦艇に搭載されている八センチ高角砲は、純日本製の九九式八センチ高角砲だ。

従来の八センチ高角砲に不備があったため、一時はドイツの八・八センチ高射砲（ＦｌａＫ37）の設計図を元にする案が出たが、海軍側がより強力な高角砲を開発中として絶対反対を貫いたため、ならば国産でということになった。

結果的に浮いてしまったＦｌａＫ37を拾ったのは陸軍だ。

帝国陸軍は当時、設計段階にあったドイツのティーガーⅠ型重戦車の計画を知り、度肝を抜かれたことがあった。

ドイツが対米英ソ用の切り札として開発する重戦車には、帝国陸軍が予想だにしなかった八・八センチ戦車砲が設置されることになっていたのだ。

ドイツがこの規模の重戦車を投入すれば、いずれ敵となるであろうソ連やアメリカも、これに対抗できる重戦車や駆逐戦車を実戦配備してくる。

その時、日本の戦車が既存のままでは、とても太刀打ちできない……。

そこで帝国陸軍は、一式砲戦車（駆逐戦車）と二式重戦車の主砲に、このＦｌａＫ37を改良したものを搭載することを決定したのである。

また、大型になる一式砲戦車と二式重戦車には、ドイツから技術供与された『航空機エンジンの戦車用転嫁』を元に、九六式艦戦や九七式戦闘機の『ハ－１乙星型エンジン』七一〇馬力を搭載した。

これまた画期的なエンジン流用である。

ともあれ……。

山本五十六が音頭をとったドイツとの技術交流は、いま着実に身を結びつつある。

これらの細かな努力が、よりいっそう日本海軍を強力なものにしているのである。

三

八月二六日午後八時　グアム東方海上

「敵乙部隊ですが、見つかりません。台風の中へ逃げたというのがＭＧＦ参謀部の見解です」

大和艦内にある長官室。

そこで休憩している山本五十六のもとへ、宇垣が最終的な報告にやってきた。

「台風の中……か。見つからんとなると、そうとしか考えられんが、敵将ながら無茶をするもんだ」

二人が話しあっているのは、スプルーアンス部隊についてだ。

当然のことだが、日本側はまだ、逃亡中の米任務部隊を第17任務部隊と認識していない。まして部隊司令官がスプルーアンスであることも承知していない。

そこでMGF司令部としては、仔細が判明するまで、フレッチャー部隊を『敵甲部隊』、スプルーアンス部隊を『敵乙部隊』と仮称している。

肝心の話の内容は、スプルーアンス部隊の動向についてだ。

なんとスプルーアンス部隊の行方が判らなくなっている！

第一次航空攻撃は、台風の影響が出はじめたせいか、空母への爆弾投下に失敗してしまった。

急降下途中で気まぐれな突風にあおられ、いずれも至近弾になってしまったのだ。狙いが正確であればあるほど、風にあおられると外れる。まさに盲点である。

空母を撃沈するまで他の艦を攻撃してはならないと厳命していたから、これがアダとなった。なんとスプルーアンス部隊は、断片被害以外、まったく被害を受けなかったのである。

これを重く見た山本五十六は、夕刻に賭けることにした。

ふたたび出撃準備を整えた第二航空艦隊を使い、第二次航空攻撃を実施したのだ。

ところが……。

第二次航空攻撃も、結果的に空振りになってしまった。

今度は攻撃失敗ではなく、敵部隊を見つけることすらできなかったのだ。

スプルーアンスは見事（見方によっては無謀）な知略を用いて、被害を受けることなく雲隠れすることに成功したのである。

雲隠れできた原因は、グアム東方はるか沖――マーシャル諸島付近で発生した熱帯低気圧だ。

この時期の熱帯低気圧は、すぐ台風になる。

ちなみに台風発生の察知は、帝国海軍の気象部と水路部が担当している。

この時代、天から地球を監視する目など存在しない。そのため、おもに気象観測機や船舶情報（出動中の軍艦／気象観測船／漁船／商船など）、それに離島情報なども加えて判断している。

ゆえに、どうしても遠くで発生する台風――発達初期段階における動向にはブレが生じやすい。

山本たちも『マーシャル諸島海域で台風発生の可能性大』と報告は受けているものの、台風の進路や規模については、まだ『継続観測中』としか知らされていない。

どのみちマリアナ諸島付近へ台風が来るにしても、あと一週間程度の猶予があると思われていたため、ＭＧＦ司令部としても作戦行動に当面の支障はないと判断していた。

それなのに、早々に支障が出る事態となってしまった。

東へ逃走した敵空母部隊が、米空母航空隊を収容後、一目散に台風めがけて突進しはじめたらしいのだ。

憶測混じりなのは、敵乙部隊の現在位置を把握していないためだ。

スプルーアンス部隊をめざしていた第二航空艦隊の攻撃隊が、攻撃どころか接敵すらできなかった。簡単にいえば『見つけられなかった』のである。

世界の海軍の常識では、台風やハリケーンが接近している場合、『極力回避して艦にダメージを受けないよう心掛けること』になっている。

合衆国海軍もそれにならい、ハワイの司令部からは、しきりに台風情報を出して回避するよう通達を出している（台風などの気象情報は、暗号化されていない）。

民間船も利用するため暗号化されていないため、漁船や
それをＭＧＦ司令部も傍受していたため、スプ

ルーアンス部隊も台風を避けて北東（ミッドウェイ方面）もしくは南東（ラバウル方面）へ退避すると確信していたのだ。

それをスプルーアンスは逆手に取った。

まず日本側の索敵機の目から逃れる。

これを可能とするため、台風の周辺に発生する巨大な積乱雲の下に潜りこんだ。

その後、台風の北辺――東北東方向へ回りこむように移動。

まんまと逃げ延びたのである（とはいっても午後八時時点の現在位置は、グアム東方五六〇キロ付近のため、実際にはグアムとウェーク島、そしてマーシャル諸島の中間地点付近。この位置を日本側は把握できていない）。

敵攻撃隊を敵空母が収容した段階では、日本側に発見されるのは時間の問題と思われていた。

しかし偶然が敵に幸運をもたらした。

今回の台風は大型のため、初期段階でも直径が八〇〇キロほどもある。

おそらく最盛期には直径一四〇〇キロ以上、八〇〇ミリバール（ヘクトパスカル）前後の超大型になるだろう。

ここまでの規模になると、周辺を取り巻く渦巻き状の積乱雲の列も大規模となる。

その最外縁の雲が、たまたまグアム東北東二〇〇キロ付近にさしかかっていたのだ。

スプルーアンスは、その雲が移動していくのに合わせて、ずっと身を隠したまま北東へ、そして次第に東へと移動していった（渦巻きの方向とは逆方向に移動）。

約一〇時間が経過した現在。

スプルーアンス部隊は、グアム東方五六〇キロ地点にいる。

もっとも……。

この位置は日本の空母艦隊にとって、まだ攻撃半径内だ。

しかし台風本体に近い海域のため、気まぐれな積乱雲の発生と豪雨が視界を閉ざす。

さしもの日本側偵察機も、積乱雲の下に逃げ込んだ敵部隊を発見するのは困難だ。

おそらくMGF司令部も、『ここらへんに逃げた』とは予測している。

だが相手が台風では、嵐の中を索敵することになり、見つけられないどころか索敵機を失う危険すらある。

あれやこれやの状況から、やむなく山本五十六は索敵を一時中止した。

この判断に基づきMGF司令部は、『敵乙部隊は逃げきった』と判断したのである。

山本をして『無茶』と言わしめるほどの行動。

それはすなわち、たとえ台風の近くに隠れることに成功したとしても、無視できない被害を受けることが確実なことを意味している。

それでも日本艦隊の攻撃を受けるよりは被害が少ないと判断したからこそ、唯一の活路を求めて移動したのだろう。

損得勘定すら冷徹に計算する。さすがスプルーアンスである。

「となると……グアム方面にいるのは、空母を失った敵一個部隊のみとなるが、さて……敵はどう出るだろうか」

戦艦二隻にも被害を与えたと報告にあった。

だが、速度もあまり落ちておらず、まだ戦闘可能らしい。

逃げた敵部隊もいずれは戻ってくる。

となれば、現在も脅威は健在なままだ。

だが一〇時間の行程ぶん離れたのであれば、戻ってくるのにも一〇時間かかる。そのため今夜に限っては、敵襲の可能性は薄い。

　そう山本が判断したのは、台風の近くにいる敵乙部隊は、航空攻撃隊を出撃させたくともできないと確信したからだ。

「現在、小笠原諸島に、陸軍のグアム上陸部隊を乗せた輸送部隊が待機中です。もし敵乙部隊が台風の陰から出てこなければ、陸軍主導のグアム攻略作戦を進展させることになります。

　その間、我々は攻略作戦の支援行動をしつつ、引き続きマリアナ海域の警戒監視を行なうことになっています」

　宇垣の返事も、何度も聞いた作戦通りのものでしかない。

　いざ日米開戦となれば、合衆国の支配下にあるグアムとフィリピンは、可能なかぎり早期に奪取しなければならない。

　そうでないと南方各地との海上連絡線を寸断されるためだ。

　これまでは平時だったからこそ、敵地のすぐ近くの公海を航行できた。だが、これからは違う。戦時の海は、制海権を奪取した側が全面的に支配できるのである。

「……うーん。これから台風の影響が激しくなってくるが、本当に上陸作戦を決行できるのだろうか？」

「いまのところ、作戦中止命令は出ておりません」

　宇垣は憶測で返事するより、事実のみを述べるに留まった。

「米太平洋艦隊は開戦以前から、我々の艦隊規模をおおむね掌握していたはずだ。それなのに、対抗措置として出してきたのはグアム南岸の二個任務部隊のみ……このことが、妙に勘にさわっている。

　もしかすると、台風発生の可能性を見越した上で、短期決戦にするつもりで今日という日を選んだのだろうか」

「そうかもしれませんが、情報がありませんので、なんともお答えできません」

参謀長に限らず、指揮官は憶測で物事を計ってはならない。

これは鉄則と言われているものだが、実際に行なうのは難しい。

その点、宇垣は完璧だった。

現状を見るかぎり、米側は空母四隻／戦艦四隻のみ。

対する機動連合艦隊は、空母九隻／戦艦四隻。

たしかに戦艦数では同数で、しかも戦力は米側のほうが大きい（米側の四隻はいずれも四〇センチ主砲搭載の高速戦艦）。

しばらく考えた宇垣は、先ほどの質問に答える気になったらしい。

「米海軍は空母を軽視するあまり、戦艦戦力が有利というだけで、二個任務部隊のみでも対処可能と判断したのかもしれませんが……」

宇垣も自分で言っておきながら、どことなく納得できていない様子だ。

「ハワイで収集した最新情報によると、太平洋艦隊には未確認の最新鋭戦艦がいたはずだ。一度だけだが、真珠湾において間諜の監視に引っかかっている。それによれば、最新鋭と思われていたサウスダコタ級より明らかに大きかったらしい。

その巨大戦艦が開戦劈頭（へきとう）、出てこないわけがない。これまでの合衆国の態度からすると、開戦のしょっぱなで我々を叩き潰し、一気に日本本土へ詰めより降伏させるというのが方針だったはずだ」

去年の末あたりから、ルーズベルト大統領の演説に、あからさまな対日蔑視のニュアンスが込められるようになってきた。

　その中でも、『もし日本と戦争になっても半年で勝つ』という、ほとんど恫喝に近い文言が有名だ。

　いくら選挙のためとはいえ、国家戦略を大統領が口にすれば、それは国家方針と同じになる。

　つまり合衆国政府は、本気で『半年で勝てる』と信じているのだ。

「大統領選挙を前にしたルーズベルト大統領は、どうしても短期決戦を挑むしかありませんからね。さっさと日本を始末して、主敵であるドイツに集中したいところでしょう。

　半年以内に日本に勝てば、ルーズベルトは戦勝者の強みで選挙にも勝ち、あとはじっくりとドイツとの戦争に集中できますから」

　宇垣が政治を口にするとは珍しいかぎりだ。

　だがそれは宇垣に知識がないからではなく、山本から話題を振られて返答を迫られたから、しかたなく答えたにすぎない。

「となると……まずは被害からの回復か。明日の朝も、グアムの敵陸海軍基地に対する航空攻撃を予定しているが、支障は出ないだろうな？」

　いつまでも長官室に宇垣を留めているわけにもいかず、山本は本題に入った。

「第一航空艦隊では、五機の艦戦と七機の艦爆、四機の艦攻を失いました。また被弾により再出撃不能な機が、艦戦二機／艦爆三機／艦攻二機となっております。

　それと第二航空艦隊およびに第四戦空艦隊を含む水戦爆隊は、喪失一六機、再出撃不能機が一〇機となっております。

　これについては、各艦の補用機を明日朝までに整備する予定になっていますので、結果的にですが全数出撃可能と報告を受けています。

ただ……今後は台風の影響が強まる一方ですので、たとえ陸上への攻撃であっても、戦果はあまり期待できないと思います」

一部の軽空母には、格納庫容積の関係から艦上機の『補用』が存在する。

だが正規空母と航空戦艦には、原則として補用はない。

正規空母は、いずれも充分すぎるほどの格納庫容積を有している。

航空戦艦においては、出撃時間を決めるのはカタパルト数のため、むやみに搭載数を増やすと時間が掛かりすぎて作戦の邪魔になる。必然的に搭載機数はカタパルト数によって制限されることになる。

対する水戦爆を搭載している『航空各艦』には、かなりの割合で補用機が存在している。これはカタパルト数に対し格納庫容積が小さいためだ。

「水戦爆隊は、まだ問題は少ない……か。こうなると、日本にもどした愛宕と榛名が純然たる戦力減となったのは痛いな。現状、動かせる空母は七隻か……」

空母『榛名』は、着艦は可能だが離艦不能のため、本土にもどして補修することになった（三ヵ月以内を想定）。

愛宕は発着不能の大破判定だから大手術が必要になる。おそらく数ヵ月（三ヵ月以上）はドック入りとなるはずだ。

「米側の事前情報では、太平洋に正規空母は四隻とありました。開戦直後の現在、増えても一隻か二隻だと思います。しかもそれは軽空母級であり、正規空母はそう簡単に増援できないと判断しています」

開戦前の合衆国正規空母は、総数七隻。

レキシントン／サラトガ／レンジャー／ヨーク

タウン／エンタープライズ／ホーネット／ワスプだ。

このうち四隻が太平洋へ、三隻が大西洋に配備されている。

これはあくまで平時の配備状況だが、そもそも半日前まで平時そのものだったのだから、この状況から変化なしと判断するのが合理的である。

「合衆国から仕掛けてきた戦争だ。となれば、いくら日本を舐めているとはいえ、それなりの準備をしての開戦だろう。おそらく米国も今頃、新型艦艇を大量に建艦しているはずだ。

日本が敵でなくなっても、まだドイツがいる。そのドイツは現在、日本の技術支援により急速に海軍力を増強中だ。

そんなドイツと戦争をするためには、まず大西洋を安全な海にしなければならない。ドイツは、すでに二隻の正規空母を保有している。軽空母も入れると四隻だ。

戦艦はヒトラー総統のお気に入りだから、かなり熱を入れて建艦している。現状だと英国海軍にやや見劣りするくらいだが、それは英国が一足早くライオン級を完成させたからだ。

ドイツも負けじとH級を建艦中だし、技術交換資料にあったH2級とH3級が完成すれば、一気に独英の戦力比は逆転するだろう」

ドイツの空母は、日本の翔鶴級空母の設計技術を与えられ、以前とは別物と思えるほど進化している。

開発が難航していた蒸気カタパルトはきっぱり諦め、その代わり飛行甲板を延長することと、艦上機の性能を上げることで対処したらしい。

そして飛行甲板の延長にともない、二段に増加した格納庫の容量も拡大。

結果的にドイツ最初の空母となったオリオン級

二隻は、搭載機数八五機の堂々たる正規空母となった。

軽空母も隼鷹の改装データを元に高速商船四隻を改装、各艦とも搭載数三八機と、まずまずの能力を有している（四隻のうち二隻が完成）。

ちなみにドイツ空母の命名基準は、正規空母が『星座』、軽空母が『恒星名』となっている（どうやらヒトラーが独断で決定したらしい）。

よってオリオン級正規空母は、オリオンとスコルピオン。

デネブ級軽空母は、デネブ／アルタイア（アルタイル）／ベガ／シリウスだ。

「ということは、いま太平洋には二隻の米空母しかおらんことになるな。なるほど、まともな指揮官なら遁走して戦力を温存するはずだ。

ただし……それは増援が来ると想定した場合だ。すでに戦艦のみの戦力となった敵甲部隊を、むざむざ壊滅させるとは思えない。遁走した敵乙部隊に支援させた上で、ふたたび我々に立ち向かってくるはずだ。

しかし、それだけではグアムとフィリピンは守れない。となれば間違いなく、新たな敵部隊を増援に出してくるはずだ。

そこで宇垣よ。御苦労だが明日の未明に、大和の天雲だけでなく、サイパンの水上機基地からも飛行艇を出してもらい、長距離索敵を万全に行ないたいのだが。

当然、水戦爆による定常的索敵も全面的に行なう。ともかく、我々に対している敵部隊の全容を把握するのが急務だ。

とはいえ……台風が接近している海域の索敵は無理だ。ここで無理して被害を出せば、艦隊員の志気に直結する。

そこで、ウェーク方面からマーシャル方面へ展開中の味方潜水艦部隊に、夜の定時連絡において、周辺海域の索敵を厳とせよと命令を送ってくれ」

　荒れた海に潜水艦が浮上するのは、それなりに危険な行為だ。

　しかし、こちらは無理というほどではない。どのみち一日か二日に一度の割合で、充電と換気のため浮上をしなければならないから、その時に定時通信連絡を行なう手筈になっている（索敵は潜望鏡による洋上監視で事足りる）。

　そのため山本も期待を寄せている。

「承知しました。ただちに手配します」

「あ、そうそう。あと一時間ほどしたら艦橋へ上がる。それまでは司令部を頼んだぞ」

「…………」

　一度了解した宇垣は、今度は無言で敬礼だけ行なった。

　そしてすぐに、長官室のハッチをくぐって出ていく。

　一人になった山本は、考えをまとめるため独り言を呟（つぶや）きはじめる。

「しょっぱなの航空戦は、どうやら勝ったな。被害空母は両陣営とも二隻だが、こっちは喪失ゼロだから、二隻失った米側が長い目で見れば不利になる。

　とはいえ、まだ二隻残っている。これを潰して初めて、敵戦艦を一網打尽にしてやれるというものだ。

　だから……敵空母を潰さぬまま水上決戦になれば、苦しい戦いを強いられる。これだけは、なるべく避けたいが……さりとてサイパンを見殺しにもできん。どうしたもんか……」

　現在与えられている作戦は、敵二個空母部隊を殲滅することだけだ。

　その後は陸軍主導によるグアム攻略作戦の手助

けをしつつ、合衆国の出方を探ることになっている。

　海軍の中では、マリアナ方面の安全を確保できたら、一気呵成にハワイを攻撃すべしという積極派の声が強い。

　しかし山本は、『ハワイを攻撃するのは敵戦艦がハワイに引きこもった時のみ』と思っている。

　空母さえ潰せたら、太平洋艦隊司令部のあるハワイを積極的に攻撃する意味は、司令部機能の喪失と戦艦を殲滅する以外なくなる。

　継続的に司令部機能を奪うというなら意味もあるが、一時的な破壊なら可能でも、年単位で使用不能にするのは不可能に近い。

　となると選択肢は、ハワイを攻略して恒常的に支配するしかない……。

　だが、合衆国側から戦争を仕掛けてきた以上、初期段階で日本がハワイを奪取すれば、世界は日本の積極攻勢に疑問を抱く。

　もしかすると合衆国は、まんまと日本の罠にはまったのではないか？

　実際そうなのだが、それを気付かせることは、戦争を長引かせる要因にしかならない。

　日本としては、可能なかぎり合衆国と早期に講和を行ない、もとの東亜戦争の状況に戻すことが最良なのだ。

　ただし仕掛けられた戦争だけに、日本に不利な講和は認められない。

　合衆国が、『戦争を仕掛けたことは間違いだった』と反省する程度には、日本としても有利に戦争を進める必要がある。

　それらを総合的に判断した結果の宣戦布告の受諾……日米開戦だった。

「始めた以上、終わらせる責務がある。だが合衆国相手に、穏便に終わらせるのは至難の技だ。

しかも台風という不確定要素まで加わりはじめた。これがなければ、多少作戦が長引いても問題なかったのだが……困ったものだ」

山本の独り言は、なかなか終わりそうになかった。

四

八月二七日　グアム近海

午前三時、サイパン北東八四〇キロ。

今のところ、この海域は台風からかなり離れている。

なのに第4任務部隊の周囲は、すでに激しい雨……。

現在の風速は一〇メートル／波高五メートル。モンタナ級などの巨艦はともかく、小さな駆逐艦は激しく揺さぶられている。

そのような状況の中、第4任務部隊にスプルーアンスから通信連絡が入った。

午前三時といえば、ハルゼーが起こせといった時刻だ。

そこでカーニー参謀長みずから、連絡メモ片手に長官室へと向かった。

――コンコン！

「おう、入れ」

ハッチをノックすると、すぐに返事が来た。

どうやら起きていたらしい。

長官室に入ったカーニーは、眉を曇らせながら言った。

「あれほど言ったのに、寝なかったのですか⁉」

ハルゼーはランニングシャツとパンツ姿だ。

とても部下に見せられた姿ではないが、当人はまったく気にしていないらしい。

「いや、寝たぞ。起きたのは三〇分ほど前だ。ちょうど冷えちまったコーヒーがあったから、貴様が来るまでそれを飲んでた」

来るのがわかっているなら、まずは着替えでしょう……。

そうカーニーは思い呆れた視線をむけたが、ハルゼーは完全に無視している。

「すぐ着替えてください。スプルーアンス中将からの連絡が届きました。御自分でお読みになられると着替えができませんので、私が読み上げます。ですので、聞きながら上着を着てください」

「うるさいヤツだな。貴様、俺の母親か？　あ、返事はせんでいい。はやく電文を読め」

「はい、では。第17任務部隊は台風のせいで被害を受けるも、第4任務部隊と合流する予定でウェーク島方面へ進路を変更した。よって二七日の午後からは、第4任務部隊に対し航空支援が可能な位置へ到達する予定。以上です。

また、この連絡の三〇分前に、フレッチャー中将からも入電しています。読みますね。

第16任務部隊は、敵航空隊の攻撃を受けたのちグアム南方へ退避した。現在はグアム南方六〇〇キロ地点で艦の簡易補修中。空母二隻を失うも、水上打撃戦においては継戦可能。よって以後は第4任務部隊と合流したのち、ハルゼー中将の指揮下に入るものとする。

また、第4任務部隊の作戦予定に合わせるべく、可能な限りはやく北上を開始する。以上がすべての報告です」

カーニーは一気に読み上げた。

その間にハルゼーは、ズボンと上着を着終わっている。

「別々の作戦に従事していた艦隊が、ここにきて合流して巨大な一個艦隊となる……か。こうなるとハワイの指示を受けねばならんな。

　仕方がない。夜明けと同時に水偵を出して、後方にいる第18任務部隊のキンケイドに通信筒を送れ。俺たちの代わりに、太平洋艦隊へ通信してもらう。

　内容は、作戦進捗上の必要性から、現在の指揮下にある第4任務部隊／第18任務部隊／第20任務部隊に加えて、新たに第16任務部隊／第17任務部隊を指揮下に入れたい。

　作戦予定が迫っているため、大至急キンメル長官の許可を願う。キンケイド少将においては、この通信筒文を暗号電信にてハワイへ送るよう命令すると共に、一時的に第18任務部隊の無線封止を解除する命令を下す。以上、俺の名前で送れ」

「いまメモしていますので、少々お待ちを……終わりました。すべて了解です。私はこれから直に通信室へ向かいますので、長官は艦橋へもどってください。以後は作戦司令部の指揮をお願いします」

　そう告げたカーニーは、敬礼を省略して長官室ハッチを出ていった。

「あの野郎……いろいろ勘に触るが、やることはきちんとやる男のようだな」

　ハルゼーにとって、これは最大級の賛辞である。

　それにしても、ここまで合流すると圧倒的にハルゼー側が優勢となる。

　むろん空母数では日本側が圧倒しているが、ハルゼーが夜間水上決戦を目論んでいる以上、空母の数は問題にならない。問題になるのは戦艦数だ。

　なにせ戦艦総数一六隻！

　ハワイに残っているのはアイダホ／ネバダ／オクラホマ／テキサスの四隻のみ。

　となれば……。

　もし山本五十六が戦艦部隊の合流を察知すれば、

ハワイまで行って戦艦を攻撃するより、ここで決着をつけたほうが得策と考えるはず。

　果たして山本の思い通りに行くのであろうか。

＊

　同時刻、小笠原諸島。

　姉島と妹島／姪島／平島に囲まれた狭い海域に、艦艇の大群が集結している。

　ここにいるのは、陸軍のグアム攻略部隊を乗せた輸送艦隊だ。

　彼らは、すでにサイパンで待機中の海軍陸戦隊三個連隊（一個旅団相当）と合流し、マリアナ海域に敵海軍の脅威が存在しなくなった段階で南下を開始する予定になっている。

　そして輸送艦隊を護衛する強力な味方も、少し離れた母島東岸に停泊している。

　その名を『第一戦空艦隊』という。

　航空戦艦『長門／陸奥』、軽空母『龍驤／鳳翔』、航空重巡『妙高／那智／足利／羽黒』、航空軽巡『川内／大井／北上』、対空航空駆逐艦『秋月／照月／涼月／初月』で構成される、帝国海軍最強の戦空（水上戦闘／航空戦闘）艦隊である。

　そして第一戦空艦隊の指揮下には、第一水雷戦隊（水雷航空駆逐艦八隻）と第一駆逐戦隊（対潜航空駆逐艦九隻）がいる。

　特筆すべきは、第一戦空艦隊は水上打撃艦構成の艦隊ながら、保有する艦上機の数が一五二機、水戦爆の数は二六四機（第一水雷戦隊／第一駆逐戦隊を含む）と、かなりの航空戦力を有していることだ。

　このうち艦爆と艦攻は五〇機と二二機にすぎない（軽空母二隻は直掩担当のため艦戦八〇機を保有）。

足りない攻撃能力については、水戦爆がそれを補って余るほどいる。

やろうと思えば、敵が水上打撃部隊であれば、単独で航空戦を仕掛けることができるほどの戦力である。

そして第一戦空艦隊を指揮しているのは、『帝国海軍にこの人あり』との名も高き、古賀峯一大将。

海軍には様々な『二つ名』を持つ者がいるが、とくに『攻めの山本』『守りの古賀』は高名だ（山本五十六に関しては『バクチ屋』のほうが名高いが）。

他にも『鬼の山口多聞』『仏の百武三郎』『実直の近藤信竹』などなど、とても書ききれないほどだ。

どうしても戦前からの二つ名が幅を利かせる関係上、空母使いはまだ、英艦隊との交戦を除くと実戦未経験者が大半なこともあり、あらかたが戦艦や重巡部隊を率いた経験がある者となっている。

そんな中、『鬼多聞』『死神多聞』との悪名高いのが、猛訓練で知られている空母使い――第四航空艦隊司令長官の山口多聞少将である。

守りの古賀。

その古賀峯一大将が、帝国海軍の水上打撃部隊筆頭に抜擢されているのだから、『戦空艦隊』の役割は積極攻勢ではなく、『護衛と支援』なのは言わなくてもわかる。

世界の趨勢は、水上打撃艦隊こそが海軍の花道、勇猛果敢な攻めと強力無比な破壊力を有する攻勢主力……そうなっている。

この事実からすると、第一戦空艦隊が輸送部隊の護衛を務めているのを知れば、世界の海軍は腹を抱えて笑うことだろう。

だが日本においては、それしか選択肢がない。

航空最優先主義を掲げた以上、それを貫かねば国が滅ぶからだ。

そんな『後衛』の役目を担わされた古賀峯一だったが、いま長門の艦橋に立つ姿は何者にも負けない気迫に満ちていた。

「少しはお休みになられたらいかがでしょうか?」

寝ずに進撃命令を待つ古賀を見て、田中頼三参謀長(少将)が露骨なしかめっ面になった。

「わかった、わかった。もう少し……そうだな、四時になったら、艦隊司令部は貴様に託そう。そういう貴様こそ寝たのか?」

田中頼三は、本来なら潜水戦隊の司令官を務めていてもおかしくない人物だ。

事実、去年までは第六潜水戦隊司令官だった。

しかし日米関係の雲行きが怪しくなり、開戦必至と判断されると同時に、第一戦空艦隊参謀長へ大抜擢された。

この人事は、水戦爆の台頭にともない、潜水艦の役割が減少したためと思われる。

新規の航空潜水艦はゼロ、新規の巡洋潜水艦も建艦が半減している。代わりに増えたのは、商船破壊と近海防衛を担う新型呂号潜水艦である(ドイツのUボートの運用を参考にした)。

帝国海軍における現在の潜水艦の役割は、遠洋の定点監視・連合国の民間航路の遮断、そして各地の近海防衛となっている。

遠くまで出かけていって、隠密裏に敵艦に攻撃を仕掛けるといった荒業も任務のひとつではあるが、それらは戦空艦隊と同様、どちらかというと残敵掃討任務になっている。

つまり潜水艦は、航空戦力で敵艦を叩いた後、二次的に後始末をする役目しか与えられていないのだ。

　そこに田中頼三のような優秀な将官を配置するのは無駄の極みとして、その卓越した頭脳を第一戦空艦隊で生かすべく配置転換されたのである。

「きちんと寝ました。参謀長たる者、常に頭脳を明晰に保つべし……宇垣機動連合艦隊（MGF）参謀長から諭されましたから」

　田中は海兵四一期、宇垣は四〇期。

　たった一年の差だが、先任となる宇垣のほうが上だ。

「それは良い心がけだな。ともかく……我々は無事に輸送艦隊をグアムへ送り届け、その後は、航空隊が討ち漏らした敵水上打撃部隊の後始末、それがなければグアム島に対する砲撃支援を行なわねばならない。

　航空艦隊ほどの華やかさはないが、良く考えれば敵戦艦にトドメを指す御指名を受けたようなものだから、これはこれで美味しい役目といえる。

　ただ……台風だけが懸念材料だ。陸軍さんは、たとえ台風の真下でも上陸すると言うだろうが、我々はそうもいかん。場合によっては臨機応変に作戦を変更するつもりだ。

　そんな訳だから、気を緩めず艦隊指揮を行なってくれ。もし山本長官から進撃命令が届いたら私に報告などいらん。すぐさま命令を実行せよ。私への報告は、起きてからでいい。それまでは貴様に全権を委任する」

　あと一時間は起きていると言いながら、古賀はもう艦隊指揮を田中参謀長へ委任したかのような口振りだ。

　それを見て、ますます田中の眉間の皺が深くなった。

　その表情は、鼻の下に蓄えたひょうきんそうに見える髭とまるで合わない。

「まったく……そこまで言われるのでしたら、

さっさと長官室でお休みください。あとは私がきちんとやっておきますから」

古賀の背を押さんばかりの田中。

その勢いに負けて、とうとう古賀が歩きだす。

なんとも和やかで笑いを誘いそうな光景だが、それも束の間のこと。

なぜなら、この戦争において、第一戦空艦隊は未曾有(みぞう)の運命にまきこまれていくからだ。

その事を、まだ古賀も田中も知らなかった……。

*

二七日の午後三時二〇分、サイパン北東七〇〇キロ。

この海域が、合衆国艦隊の合流地点となっている。

すでにスプルーアンス部隊は到着し、ハルゼー率いる第4任務部隊の指揮下に入った。

まだ合流していないのは、大きく東へ迂回しつつ接近中のフレッチャー部隊と、東からゆっくり進んでいる第18／第20任務部隊である。

たしかにスプルーアンス部隊は合流できた。

ただし、満身創痍とまではいかないまでも、台風の影響下にある海を突っ走ってきたことで、無視できない痛手をこうむっている。

具体的には、軽巡デンバーが、突発的に生じた一〇メートル以上もの高波に艦首からモロに突っこんだ。そのせいで艦首部分を大破、とても作戦行動などできなくなってしまった。

しかたなくデンバーは、その時点で作戦を離脱。

幸いにも機関その他は無事なため、現在は低速でミッドウェイ方面へ撤収中だ。おそらく真珠湾へ直行させられるだろう。

不幸だったのは駆逐艦二隻だ。

一隻は、左舷方向から高波の直撃をうけ横転沈没した。

もう一隻は、波に艦尾を持ちあげられ、水面上にスクリューが露出。

全速状態だったため、海水の抵抗がなくなったぶん過回転してしまい、減速ギアが欠けてしまった。

この駆逐艦は艦体や機関は無事なのに、推進力だけが無くなってしまった。そのせいで、嵐の海に立ち往生してしまったのだ。

機関室の判断では、一両日あればなんとかギアを交換できるとなっていた。

だが、丸一日も現海域に留まっていると台風本体の影響下に入ってしまい、今度は脱出困難になってしまう。

そこで泣く泣く、乗員退避ののち自沈処理となってしまった。


これらの悲劇が発生したからこそ、ハルゼーも日本の空母部隊の近く——なるべく台風から離れた安全な場所を合流地点に選ぶしかなかった。

この時点での第一航空艦隊とハルゼー部隊との距離は、じつに五七〇キロしかない。

日本側から見れば、完全に航空攻撃の範囲内だ。

台風が接近中で雨模様とはいえ、気まぐれな台風の天気は、ときおり晴れ間も見せる。

晴れてしまえば航空機は発艦できる（ただし『波さえ穏やかならば』という条件付きだが）。

そう考えると、現在位置での集合は危険な賭けと言うしかない。

一方……。

山本五十六たちは、フレッチャー部隊が南へ逃走したと判断している。

第一航空艦隊の現在位置は、サイパン北方二一〇キロ。二〇〇キロほど南下した計算になる。

ここからなら、すっぽりとグアムを航空攻撃半径に収めつつ、サイパン周辺六〇〇キロ以上に睨みを利かせられる。

そして日本側は、フレッチャー部隊が逃げた南に索敵を集中させるはず……。

その心理的な隙をついて、ハルゼーは、あえてサイパンに接近することにしたのだ。

むろんハルゼーは、ただそれだけで危険を犯したわけではない。

決断した最大の原因は、やはり接近中の台風である。

いま日本の二個空母部隊（実際には戦空艦隊も）は、台風を取り巻く雨雲のせいで、雨や風、そして大波の影響を受けている。航空隊の出撃が、高頻度で阻害されていると予想できる状況なのだ。

さしもの空母艦隊も、発艦不能では戦えない。

対するハルゼー部隊は、護衛用の軽空母に支障が出るだけで、水上打撃艦は問題なく作戦行動を遂行できる……。

このことを見越したハルゼーだからこそ、あえて見つかる危険を犯してまで、サイパンへ接近する決断を下したのである。

「敵に見つかったと思うか？」

戦艦モンタナの長官席でふんぞり返りながら、ハルゼーはカーニー参謀長の腹を探るような目つきになった。

「この雨と風ですので、おそらく航空索敵は不発に終わっていると思います。ただ……敵潜水艦には発見されている可能性があります。まあ、それもかなり近い位置にいなければ、この波浪で見えなくなっているでしょうけど」

すぐ左側にある艦橋の耐爆窓には、いまも激しい大粒の雨が打ちつけている。

　ここ三時間ほど、スコールなみの雨がずっと続いている。断続的に吹きはじめた強風は、分厚い対爆ガラスを貫いて、ゴウッという風音を届かせていた。

「……………」

　カーニーの返答に対し、ハルゼーは無言のまま葉巻をふかしている。

　やがて、つまらなそうに言葉を吐いた。

「フレッチャーの部隊が遅れている。この風雨と波では仕方ないが、もし突撃時刻になっても合流できなければ、俺たちだけで戦うことになる。

　その場合フレッチャーには、後続の第18任務部隊と第20任務部隊を束ねてもらう。俺たちが敵空母部隊に襲いかかった時点で、敵艦隊の背後……北方四〇〇キロ地点をめざして進撃すれば、うまい具合に敵空母艦隊の退路を絶てるかもしれん。

　まあ、これは賭けだな。もし俺たちが敵空母を射ち漏らしたら、俺たちは夜明け前に遁走するしかなくなる。だがフレッチャーたちは、鈍速戦艦がいるため逃げきれない。

　結果的に生き残った敵空母の攻撃を受けることになるが、連中にはそれに怯まず、まっしぐらに敵空母部隊めがけて突進してもらう。

　もっとも……台風が予想通りに接近してくれば、明日の夕刻あたりにはマリアナ海域も強風圏に入る。そうなると航空攻撃どころじゃなくなる。

　だから早ければ明日の夕刻には、フレッチャーたちも敵空母部隊と水上決戦を行なうことができるだろう。

　万が一、空と海の状況が回復して敵の航空攻撃を受けたとしても、水上打撃戦力さえ生き残っていれば戦える。そのための戦艦群だからな」

　なんとハルゼーは、フレッチャーたちを生贄扱いにするらしい。

もちろん大前提として、『航空爆撃で戦艦は沈まない』という常識がある。

だから生贄といっても、撃沈されるのではなく、上部構造物に被害を受ける大前提で進撃してもらうということだ（航空魚雷の脅威は、すでに英東洋艦隊で立証されている）。

小うるさい蜜蜂の群れ。

合衆国海軍にとって日本の航空攻撃隊は、しょせんはそのような認識なのである。

だが戦略的見地からすると、無視できるものでもない。

日米開戦劈頭の現時点で、なんとしても日本の空母戦力を大幅に漸減しなければならないからだ。

そうしておかないと、今後、日本本土へ接近して対地砲撃を実施するさい、ちくちくと航空攻撃を仕掛けられる可能性が残ってしまう。

そう……。

ハルゼーが無理して鈍速戦艦の大群を引き連れてきたのは、マリアナ海域での海戦に勝利するだけのためではない。

与えられた作戦には、条件付きながら『日本本土への砲撃』が含まれているのだ（一部の戦艦はグアムとフィリピンの防衛を担当する）。

条件とは、『日本艦隊の空母戦力を一時的に無力化すること』と、『日本本土に接近した場合、予想される敵陸上航空機の来襲を阻止できるだけの直掩機を確保していること』、この二点だ。

現在はフレッチャーの正規空母二隻を失ったものの、まだスプルーアンスの二隻が無傷で残っている。

さらには直率部隊にも二隻の軽空母がいる。軽空母は護衛専用だから、搭載しているのはすべて艦上戦闘機だ。

ハルゼーはこの現状を見て、まだ日本本土への奇襲的な砲撃は可能と判断している（継続的な砲撃ではなく一撃離脱なら可能ということ）。

「キンメル長官は、作戦変更を容認なされました。ということは、多少の被害は目をつむるということです。

ともかく、対日戦争を半年以内に終わらせる。これが大統領府の最優先事項である以上、我々もこれに従う義務があります」

カーニーの言葉に対し、ハルゼーは怪訝そうな表情を浮かべた。

「俺は、とても半年で終わるとは思っていないがな。たとえ今回の海戦に勝っても、日本本土を早期に攻撃できても、我が方の被害もかなりのものになる。

とくに傷ついた艦隊のまま日本本土を攻め続ければ、陸上攻撃機の魚雷のめった射ちにあった英東洋艦隊の二の舞いになりかねん。

日本本土には、それだけの戦力が残っていると見るべきだ。さすがに陸軍爆撃機に魚雷は積んでいないと思うが、日本人は何をするかわからん黄色い猿だ。人間と思って対処していると、思わぬしっぺ返しを食らいかねん……」

ハルゼーの人種差別発言はいつものことだ。

しかし、かといってハルゼーが、日本海軍を軽んじているわけではない。

きちんと英東洋艦隊の大敗北を戦訓として取り入れている。これが証拠だ。

ただ、さしものハルゼーも、山本五十六の策略――『わざと艦爆の能力を矮小化し、空母の真の戦闘力を隠し通す』にまでは考えが及んでいない。

このことがいかなる結果を生むか、まもなく判明する段階にさしかかっていた。

＊

八月二八日、午前二時四〇分。

第一／第二航空艦隊周囲の風雨は増す一方だ。

時間的にみて、台風を取り巻く積乱雲の列——台風最外縁の雲が上空に達している。

台風の進路も最悪で、これまで東にあたるグアム南方海上へ進んでいたのが、最新の気象報告では、次第に北東へ向きを変えつつあるとなっている。

進路予想が正しければ、まさしくグアム直撃コースだ。

超大型に発達した台風の下では、とても戦闘行動などできない。たとえ大和のような巨艦であっても、波風に翻弄されて、進路を維持するだけで精一杯になる。

ましてや駆逐艦などは、台風特有の気まぐれな巨大波を横腹に受けたら、下手すると艦体をへし折られて沈む。そうでなくとも横転の危険は常にある。

山本五十六は、難しい判断を迫られていた。

「いかがなさいますか？」

宇垣が内心を見せない無表情のまま聞いてきた。

この顔になるときは、判断を山本に一任するときだ。

「ううむ……」

山本は、まだ迷っていた。

宇垣が急っついているのは、小笠原諸島にいる第一戦空艦隊と輸送艦隊に対し、南下命令を下すか否かの判断だ。

そして山本が迷っているのは、否と判断した場合、グアム攻略作戦を一時中断するだけでなく、機動連合艦隊そのものも日本方面へ一時撤収する……すなわち全作戦の中断命令を下さなければいけないからだ。

中断の理由は、台風直撃による作戦続行不可。

これは現場にいるＭＧＦ司令長官の権限でしか行なえない。

「しかたがない、第一／第二航空艦隊、ならびに第四戦空艦隊は、全艦隊反転し小笠原諸島方面へ向かう。待機中の輸送艦隊と第一戦空艦隊には、そのまま現状を維持するよう打電。

その後、我々が小笠原諸島近海に到達したのち、改めて作戦再開の可否を判断する。よってサイパンにいる陸戦隊も、そのまま待機だ」

グアム攻略作戦、中断。

ついに山本五十六の決断が下った。

「マリアナ沖作戦およびグアム攻略作戦、いずれも一時中断とす。機動連合艦隊所属の全艦隊は、ただちに反転北上、現海域を離脱せよ！」

宇垣の復唱にともない、大和艦橋にいる参謀たちが走りはじめる。

誰の顔にも、米空母部隊をしとめきれなかった口惜しさが滲んでいた。

だが……。

この時山本たちは、じつにきわどい立場に立たされていた。

なぜなら午前二時四〇分時点で、南下していた第一航空艦隊の南東三八キロ地点に、なんと三二ノットの最大速度まで増速したハルゼー部隊が迫っていたからである。

＊

午前三時三〇分。

「なぜ見つからん！」

久しぶりにハルゼーの怒号がモンタナ艦橋に響

き渡った。

現在位置は、サイパン北端より北東二二〇キロ。

昨夕に索敵で察知した日本艦隊の位置から計算すると、午前三時時点で接敵してもおかしくない状況だ。

なのに三〇分を過ぎた現在、まだ敵艦隊の発見には至っていない。

ハルゼーの作戦では、一時間の集中砲撃により敵空母を戦闘不能に追いやり、すかさずサイパン東方へ遁走することになっている。

空母すべてを撃沈する必要はない。

ようは夜明けと同時に航空攻撃を仕掛けられないよう、発艦不能に追いやればいい。後始末は、スプルーアンスの空母かフレッチャー率いる鈍速戦艦部隊に任せる……。

世界最大最強最速のモンタナ級四隻を持ちながら、なんとも贅沢な策である。

なのに……。

敵がいない。

「ええい！　レーダーを使え!!　無線封止を解除する。なんとしても敵艦隊を見つけろ!!」

この雨風では、目視による発見はほとんど無理だ。

できて探照灯の照射による、一キロ前後の超至近距離における発見のみ。

となれば自分たちの位置を明かしてでも、ここは対水上レーダーを使用すべき……。

命令を受けた通信参謀が、慌てて電話ブースへ走る。

午前三時四四分。

電話に張りついていた通信参謀が、いきなり顔を上げて叫ぶ。

「レーダー室より緊急連絡！　本艦の北西三七キロに、敵艦隊と思われる艦船集団の陰影あり！」

水上レーダーは、水平線によって探知距離が限られている。

身長一七〇センチの人間が見ることのできる水平線は、たかだか四・四キロ先。それ以上は水平線のむこうに隠れてしまう。

だが、モンタナの前部檣楼は高い。

頂部にある水上レーダーは、そのぶん見通し距離を稼げる。

また、いくら水平線でさえぎられるといっても、多少は先まで探知できる。

三七キロという水平線を遥かに越えた距離は、そのことを物語っていた。

「突撃！　砲撃戦準備!!」

夜明けまで一時間弱。

ただし上空に厚い雨雲が垂れこめているため、明るくなるまで一時間半ほどかかるはず。

そう思ったハルゼーは、これからでも一撃なら食らわせられると判断した。

どのみち、この雨風と波だ。

敵空母は発艦できない。

空母使いとしても一流と自負するハルゼーだけに、自分の判断は正しいと信じて疑っていない。

「長官、まだスプルーアンス部隊が……」

ハルゼー部隊は常識外れの三二ノットで、一時間あまりを突っ走ってきた。

実際には軽空母インデペンデンス級が三二ノット弱しか出せないため、軽空母の全速に合わせての突撃だった。

そこまで無茶を通すと、二八ノットしか出せないスプルーアンス部隊のサウスダコタ級戦艦が足を引っぱる。

そこでハルゼーは、最終突入を開始すると同時に、スプルーアンス部隊には可能なかぎり出せる速度で追従するよう命じていたのである。

結果、彼我の間には、約四ノットぶんの距離——七・四キロほどが開いてしまった。

たかが七・四キロだが、実際には二個部隊を隔てる安全距離として最低でも八キロが加算されるから、結果的に連動して砲撃を行なえる距離にはならない。

しかも、これから追撃すると、さらに若干の距離が開く。

「第4任務部隊だけで殴りこむ。スプルーアンス部隊は、追いついたら即座に追撃をかけるよう伝達しろ！　それから軽空母群は部隊後方へ退避だ。夜戦に空母はいらん!!」

敵艦隊がどれくらいの速度で航行しているかは判らないが、常識的に考えれば二〇ノット前後、速くとも二四ノットくらいだろう。

最悪の状況を考え、敵艦隊はハルゼー部隊から離れる進路——北へ向かっていると想定する（敵艦隊の進路はレーダーで継続監視しないとわからない）。

となれば最低でも八ノットの差で詰めよれる。砲撃可能距離の二八キロまで、あと九キロ。いや、もう八キロだ。

この距離を八ノット差で踏破するには約三〇分が必要になる。

レーダーを使用した以上、すでに敵艦隊も気づいているはず。

まともな指揮官なら、かならず増速する。となれば、接敵は一時間後くらいにずれこむかもしれない……。

だが、それでいい。

夜が明けても、すぐに航空攻撃される状況ではない。

ならばいっそ夜明けなど気にせず、徹底的に砲撃を行なうか。

次第にハルゼーの顔に、壮絶な笑みが浮かび始めた。

ところが……。

一六分後の午前三時五八分に届いた緊急報告に、ハルゼーは驚かされることになる。

「レーダー室より至急！　捕捉中の敵艦隊が反転。こちらに向かってきます。彼我の距離三〇キロ弱です‼」

「なんだと？」

なぜ空母艦隊が反転する？

報告にあった敵の二個空母艦隊は、いずれも空母と軽巡、あとは駆逐艦だけのはず。

こちらの部隊構成は知られてないはずだが、どう考えても軽巡と駆逐艦だけで対抗するため反転攻勢に出たとは考えられない。

「長官、相手はフレッチャー航空隊の報告にあった重巡部隊です。空母部隊ではありません。おそらく殿軍として、最後まで南の位置にいたのでしょう」

そうカーニー参謀長に言われて思い出した。

そういうえばフレッチャーからの報告で、最初に重巡部隊へ航空攻撃を仕掛けたとあった。

どうせ大艦隊の先鋒を担っていた部隊だろうと軽く考え、これまで失念していたのである。

「空母じゃない……だと⁉」

ハルゼーが歯噛みしている。

「攻撃を中止しますか？」

「馬鹿言え！　重巡部隊が殿軍なら、その先には間違いなく空母艦隊がいる。ならば、まず重巡部隊を蹴散らし、その間にスプルーアンス部隊を先行させ空母部隊を叩く。すぐ俺たちも追いつくだろうから、その時こそ敵空母部隊をまとめて一網打尽にする！」

ハルゼーは吼えただけだが、カーニーはそれを命令と受けとめ、ただちに通信参謀へ緊急通達するよう命じはじめた。

さらに五分後。

「彼我の距離二八キロ！」

「測距射撃を開始しろ！」

モンタナ級にはまだ、射撃照準レーダーが装備されていない。

いや、現時点においてそれを装備しているのは、英海軍のライオン級のみだ。

むろん日米ともに開発を急いでいて、どちらも初歩的ながら試作段階には至っている。

しかし、どのみち今は使えず、仕方なく対水上レーダーで捉えた陰影を利用した大雑把な距離をもとに、ほとんど勘で射撃することになった。

——バゥン！

四〇センチ五〇口径主砲が一門、甲高い音を奏でる。

この砲弾は新開発された発光弾だ。

海面に命中した瞬間に炸裂し、まばゆいマグネシウム粉末と黄燐による燃焼を引き起こす。

同時に僚艦のオハイオが、斜行縦列陣の二番めの位置から、敵艦隊がいると思われる上空へ向けて、同じく発光弾を発射する。

数秒後……。

パッ、パッ！

音が聞こえそうな感じで、前方二八キロの上空五〇〇メートル付近と海面に、まばゆい花火のような光が炸裂した。

ただしハルゼーの目には、雨に滲んで光る水平線しか見えない。

「敵艦隊発見！　左舷側に重巡の縦列陣！」

「右舷前方に駆逐艦群！　急速に接近中！」

この報告は、モンタナ艦橋の左右舷側デッキにいる水上監視員からのものだ。

肉眼での確認は難しいが、夜間双眼鏡ならできる。

「重巡や駆逐艦でモンタナ級に挑むだと？　笑止千万、蹴散らしてみせる!!」

ハルゼーの笑いが止まらない。

だが、必ずしも戦艦が圧倒的に有利とは限らない。

この雨と風、そして波が障害となる。

そんな中、戦艦の火力が有効なのは、水平射撃が可能な八キロ前後まで。

それ以上の接近は、かえって雷撃を食らう可能性が高い。

ハルゼーが取るべき最良の策は、八キロまで接近したら平行交差戦に持ちこみ、その間に所属している四隻の重巡を割り込ませ、さらには軽巡四隻と直衛を除く駆逐艦で、不規則に突入してくる敵駆逐艦を阻止することだ。

むろんハルゼーは、その通りに実行する。

それが判っているカーニーも、助言せずに黙っている。

どうやら土壇場になって、二人の意志疎通は良好になってきたらしい。

さて……。

圧倒的な戦力差を前にして果敢に阻止へ動いた、南雲忠一中将指揮下の第四戦空艦隊の運命はいかに。

日米初となる水上決戦は、夜明け前の漆黒の中、いま始まったのだった。

第三章　中部太平洋海戦

一

一九四三年八月二八日　サイパン北方海域

午前三時四四分。

「通信室より緊急！」

南雲忠一は、旗艦となっている航空重巡『利根』の艦橋で、寝ずの番をしていた。

なぜなら第四戦空艦隊は、第一航空艦隊から反転離脱の命令を受け、同時に殿軍の役目も命じられたからだ。

そこで安全に空母艦隊を送りだすため、移動しやすい複列縦陣で警戒を厳としていたところだった。

「報告せよ」

通信室から伝令がやってきた以上、なにか異常事態が発生したのは間違いない。

そう考えた南雲は、まず聞くことにした。

「はっ！　本艦の南方海上、近距離にて、電探波と思われる強力な電波が発信されました！」

「電探波だと？　サイパンの電探基地が作動したのか？」

いまいちピンとこない南雲は、八代佑吉参謀長のほうを見る。

「味方の電波なら、通信室がいちいち報告などしません。おそらく日本軍が使用している電探波とは違う周波数を捉えたのでしょう。状況から鑑みると、ほぼ間違いなく敵艦隊の電探ではないかと」

「敵艦隊？　なぜサイパン北方に敵艦隊が？」

「わかりません。もしかすると見失った敵乙部隊かも。ともかく、電探波が届いたということは、敵が水平線の前後……見通し距離の範囲内に来ているということです。ですので、ただちに戦闘命令を下してください！」

敵部隊が、南方三〇キロ前後に迫っている。

対する第四戦空艦隊は、舳先を北に向けてはいるものの、まだ一六ノット前後で警戒航行中だ。

「たしか敵乙艦隊には、二隻の戦艦がいたな？」

「はい。いずれも新型で、おそらく四〇センチ砲搭載艦かと」

「うーむ。我が方は重巡五隻と護型駆逐艦八隻か……」

幸いにも、指揮下にある改装母艦三隻は、殿軍の足手まといになるため、先に分離して北上を開始させている。

よって南雲の手持ちは、いまいった一三隻のみだ。

「ここで敵部隊を足止めしないと、夜が明けて発艦可能な状況であれば、無傷の敵空母二隻から航空攻撃隊が発艦します。

しかし我々が夜明け後まで踏ん張り、敵艦隊との交戦状況を維持できれば、とても攻撃隊を発艦させることなどできません。そうなれば、我が方の空母攻撃隊が先制できることになります。

ちなみに現在の波浪が継続すれば、おそらく敵味方とも発艦できません。そうなれば、我々が踏ん張れば踏ん張るほど、味方の航空艦隊を逃がすことができます」

「選択肢はなしか……よし通信室へ命令伝達を頼む」

決断した南雲は、まだそばに立っている伝令へ声をかけた。

「最優先だ。指揮下の各艦へ通信せよ。重巡列は左舷一八〇度反転。駆逐艦列は右舷一八〇度反転して、同時に敵部隊へ急襲をかける。反転後の指揮は、各戦隊司令官に委任する。

　ただし主目的は、あくまで殿軍としての役目を果たすことだ。敵を翻弄し引き回せ。打撃を与えるのは二の次とする。むろん撃沈されては翻弄できぬから、回避を最優先にしつつ距離を取れ。以上、平文で送って良いから、最速で頼む」

　やってきた伝令がメモをとっている。

　それを秒単位で終わらせると、そのまま脱兎のごとく走り出す。

「艦長、艦を任せる。艦隊参謀は集合せよ」

　八代参謀長が、通信以外の命令を伝えるため、艦橋にいる艦隊参謀に声をかける。

　それが終わるのを待っていた南雲は、皆にも聞こえる声で命じた。

「八代。艦隊司令部は、このまま艦橋に残るぞ」

「しかし、長官！」

　反射的に反論しようとした八代を右手で制する。

「夜戦では、ちょっとした判断の遅れが重大事に直結する。それに……戦艦相手に喧嘩を売ろうというのに、親玉が艦内に退避していては示しがつかん。

　もし、どうしてもというのなら、参謀たちだけ艦内へ退避させよ。これなら艦橋に万が一のことがあっても、艦隊司令部としての機能を維持できるはずだ」

「……承知しました。でも私は残りますよ。でないと長官命令を伝える者がいなくなりますから」

　そう答えた八代は、大きく息を吸い込む。

「参謀各員、戦闘命令を伝達したのちは全員、艦内指揮所へ退避せよ。以後は艦橋直通電話を通じて意志伝達を継続する。以上、急げ！」

一瞬とまどった参謀たちだったが、素直に参謀長の命令を聞きはじめる。

「さて……重巡でも雷撃はできることを、敵さんに知らしめるか」

南雲は、どことなく楽しそうだ。

それもそのはずで、指揮下にある五隻の重巡は、最新鋭の利根以外は最古参の青葉（あおば）型だが、航空重巡に改装した時、『雷装艦』としての機能も追加されている。

すなわち、利根の有する六一センチ長魚雷発射管三連装四基と同程度を装備しているのだ（ただし片舷配置のため、敵艦一隻に対し二基ずつしか対応できない）。

「新鋭の『護』型駆逐艦も、一〇〇〇トン未満の超小型ですが、六一センチ三連装魚雷発射管二基六門を備える兵（つわもの）です。

しかも、二基とも両舷を狙える中央配置ですので、重巡でいえば四基と同等の働きをしてくれます」

そんなことは、水雷屋である南雲も承知している。

しかし参謀長として、ここは艦橋にいる全員を鼓舞（こぶ）する必要があると思い、あえて発言したのだろう。

「敵艦隊のものと思われる発砲炎！」

「砲雷戦、用意！」

水上監視員の声と艦長の声が重なった。

この時、彼我の距離一九・六キロ。

――ドウッ！

――パッ！

轟音と閃光。

左右に分かれて回頭中の重巡列と駆逐艦の中間付近に、まばゆい光の玉を巻き散らかしながら、敵戦艦の主砲弾らしきものが着弾する。

その直後、今度は上空に大輪の光の玉が炸裂した。

「発見されたかな?」

言葉とは裏腹に、南雲の表情は平然としている。

「この風雨ですし波も五メートル近くあります。たとえ電探で捉えられても、光学測距ではどうでしょう。まあ、半々でしょうね」

いま飛んできた砲弾は二発のみ。

一発は上空炸裂だから、測距用は一発のみだ。

そして敵がこちらに照準を合わせるためには、光学測距儀で発光炸裂を観測し、そこから距離と方位を割り出す必要がある。

だが海面で炸裂した発光弾は、波の陰に沈み見えにくくなっている。

ゆえに米艦がこちらの居場所を特定できたか否かは、ほとんど偶然に頼っているはず……。

「南方一九キロ付近、多数の発砲炎!」

またしても監視員の声。

「見つけられなくても、電探でおおよその位置は摑めます。だから撃ってきたのでしょう」

まだ八代の声には余裕がある。

この嵐の中の夜戦だ。

砲弾などそう簡単に当たらないことを知っている。

危険になるのは、直接照準で水平射撃できる一〇キロ前後になってからだ。

——ドドドドッ!

一瞬の炸裂炎が海上を照らす。

しかし、それはすぐに消え、砲弾の爆発音だけが届く。

「本艦の左舷八時方向、おおよそ二〇〇メートルに着弾!」

「電探で陰影の大きいこちらに、照準を合わせてきたようですね」

「駆逐戦隊を掩護せよ」

八代の無駄口を無視するかのように、南雲が突然命令を発した。

艦橋電話に張りついている連絡将校が、命令を通信室に伝えはじめる。

わずか二分後。

斜行縦陣で突入中の重巡五隻、その前部砲塔二基四門から、合計二〇発の二〇センチ砲弾が発射された。

＊

こちらはハルゼー部隊。

「敵艦、発砲！」

測距射撃からの、モンタナ級戦艦四隻による右舷前方への前部二砲塔による射撃。

それはさながら、直近で落雷にあったような印象を与えてくれた。

四〇センチ五〇口径主砲は、いまのところ世界最強の戦艦主砲だ（ドイツのH２級が完成するまで）。

それらの奏でる死の咆哮は、ハルゼーにとって何よりも代えがたい心地好さを感じさせてくれる。

「このまま進む」

相手が誰であれ、こちらは世界最強最大のモンタナ級だ。

対する日本の戦艦は、最強でも長門型の四〇センチ四五口径。

たとえ正面から戦艦主砲弾を食らっても、砲盾や天蓋に命中する限り弾きかえす。

ましてや相手が重巡では、最初から勝負は決まっているも同然だ。

「着弾！　本艦前方五〇〇メートル付近！」

「遠いな。敵もまともに照準できんらしい」

レーダーによる簡易位置決め。

その後に光学測距。この二段構えでも、なかなか捉えられない。

当然、敵も同じ条件なので、苦労しているはず……。

「進路そのまま」

モンタナ艦長が命令するのを耳にしつつ、ハルゼーはカーニー参謀長のほうを見た。

「敵の駆逐艦が突入してくるはずだ。対処はできているか？」

「はい。軽巡群のうちサバンナ／ナッシュビルが、駆逐艦四隻ずつを従えて阻止に向かっています。もし駆逐群が阻止に失敗しても、重巡群が待ち構えていますので、戦艦群にまで到達できないでしょう」

「日本の戦艦部隊には、たしか専用の駆逐部隊が随伴しているはずだ。これを加味すると、多方向同時突入もありうる。その場合は突破されるかもしれん」

「そうなればそうなったで、緊急回避的に直衛軽巡と駆逐艦で対処します」

「ふむ……」

対応状況を聞いたハルゼーは、ひとまず満足した。

「彼我の距離一五キロ！」

これはレーダー室と繋がっている艦内電話を通じての報告だ。

今回はスピーカーではなく電話だった。

「まだ直接照準できないか？」

すこし焦れたハルゼーが、モンタナ艦長に声をかける。

「無理です。雨と大波で、かなり見通し距離が制限されています。このぶんですと、八……いや、六キロ前後にならないと直接照準は無理かと」

「むう……」

モンタナ級巨大戦艦を敵前六キロまで接近させないと、自慢の主砲で確実に狙えない。

波が穏やかな昼間であれば、一〇キロ離れていても必中だというのに、まったく海戦に不向きな日だ……そう声が物語っている。

「オハイオに命中弾！」

「被害確認！」

監視員の報告に、カーニーが反射的に命令する。

「たんなる偶然だ。しかも被害はほとんどないだろうから、確認は後でいい」

たしかにこの状況では、偶然命中したと判断するのが妥当だ。

しかしモンタナ級の絶大な防御力を信じるあまり、被害確認を後回しにしたのは頂けない。

「彼我の距離一二キロ！」

「右舷前方、二時方向で爆発炎！」

またしても報告が重なる。

「右舷だと駆逐群のいるあたりだな」

「どちらかの魚雷が命中したのでしょう。詳しくは駆逐群からの報告を待つしかありません」

そうカーニーが言った途端。

『こちら通信室。軽巡サバンナより発光信号。我が艦に敵の大型魚雷一発が命中。現在、ダメージコントロール中も被害甚大！　以上です!!』

現時点において、六一センチ魚雷を実戦配備しているのは、世界広しといえども日本海軍のみだ。

しかも新型の零式六一センチ長魚雷は、従来の六一センチ魚雷より、さらに威力を増大させてある。

だから一発でも食らえば大変なことになるはずだ。

「ほかの軽巡に、敵駆逐隊の動向を報告させろ！」

被害報告より敵の動向のほうが重要。

そう言わんばかりのハルゼーである。

「彼我の距離、一〇キロ！」

『左舷方向の敵艦列、西方向へ転舵。順次、回頭を開始しました！』

「檣楼監視所より連絡！　左舷の敵艦列は重巡部隊の模様!!」

戦艦主砲弾の乱れ射ちにより、敵艦付近が頻繁に明るくなっている。

そのせいで、ついに夜間双眼鏡で監視していた監視員に正体を看破されたらしい。

「逃げ出した、だと!?」

ここに来て初めて、ハルゼーが大声で吼えた。

二

八月二八日未明　サイパン北方海域

彼我の距離が一〇キロになった時、南雲は口を開いた。

「重巡列、左舷魚雷を順次投射せよ。発射終了後、ただちに反転退避！」

零式六一センチ長魚雷は、新型の駆逐艦にも搭載可能なように開発された最新鋭の大型魚雷だ。

しかし元をただせば、旧型となる九三式六一センチ長魚雷の代替えをねらい、大型水上艦用として設計されたものだ（旧型とは共用の発射管となるため、更新は魚雷のみで済む）。

重巡や軽巡で雷撃を行なう場合、どうしても駆逐艦ほど敵に肉薄できない。

そこで遠距離から投射しても安定して進路を維持できるよう、直進性能に磨きがかかっている（投射後に魚雷内部に内蔵されている安定フィンが四枚、バネ仕掛けで迫り出してくる）。

航続距離は二〇キロ。これは九三式のⅢ型と変わらないが、速度は四八ノットから五〇ノットへ増速されている。

速度が速く二〇キロ手前から攻撃できる。

しかし水雷屋の南雲は、零式魚雷の特徴を最大まで生かすべく一〇キロまで踏ん張った。

一〇キロなら、この荒れた海でもなんとかなる。

冬の日本海で行なった試射では、八メートルの波の波頭を叩くように空中を飛んだらしい。

そこで付けられたあだ名が『トビウオ魚雷』だ。

ドイツのロケット技術者なら、その姿を『ワッサーファル』のようだと称したことだろう。

ワッサーファルは開発中の地対空ミサイルだ。

胴体に台形のフィンが二枚、尾部に複雑な形状の安定フィンが四枚ついている。

このうちの胴体のフィンを、もう少し縦長で高さが低い台形にしたものが、零式魚雷のフィンとそっくりなのだ。

このフィンのおかげで、従来の魚雷とは別次元の直進性能を維持できるのである。

「反転終了」

「撤収！」

反転終了の報告を受けた利根艦長が、ここぞとばかりに増速命令をくだす。

「青葉、まもなく反転終了。三番艦『衣笠』と四番艦『古鷹』、雷撃完了。最後尾の加古も、まもなく……」

利根艦橋の右舷ハッチをわずかに開け、水上監視員が夜間双眼鏡を見ながら報告を続けている。

その時。

――ドガッ！

雨風を貫いて鋭い光芒、すぐ後に轟音が響きわたる。

「加古、被弾！」

雷撃を実行するため左舷を見せた直後、敵の砲弾が命中したらしい。

「むう……」

南雲は思わず、右舷艦橋の対爆窓へ駆けよった。

回頭を終了した利根から見ると、加古は右舷後方に見えるはずだ。

豪雨によって霞む視界。

その先が赤く染まっている。

加古の艦影は見えない。

ただただ、ぼやけた赤い火の玉のようなものが、波と雨のむこうで揺れ続けている。

利根艦橋に設置されている艦内スピーカーが、最大音量で声を告げはじめた。

『こちら通信室。加古より緊急入電。我、左舷前部に戦艦主砲弾とおぼしき大口径弾を受けり。第一／第二砲塔損傷。速力一二ノットまで低下。艦前部大破にて航行困難なり。ただし魚雷発射管は健在にて、なおも雷撃の好機を探るものなり。以上、加古艦長よりの電信連絡です』

艦速一二ノットでは、敵の追撃から逃げられない。

前部にある二基の主砲を喪失したのだから主砲は全滅だ（航空改装により後部主砲は格納庫設置のため撤去されている）。

となると、戦艦への攻撃手段は雷撃しかない。

それは理解できる。

だが実際には、総員退艦命令を下してもおかしくない状況である。

八代参謀長以下、艦橋にいる艦隊司令部の面々が、一斉に南雲を見た。

「……退艦の是非は加古艦長に一任する。ただちに伝えよ」

加古艦長は、まだ戦えるとの意志を伝えてきた。ならば艦隊司令長官としては、その意志を尊重しなければならない。

南雲の命令は、言外にそう語っていた。

「通信参謀！」

八代の復唱を聞いた通信参謀が、噛りついている艦内電話の呼び出しトグルを急いで回す。

通信室が出ると、早口で南雲の命令を伝えはじめた。

「衣笠、古鷹、回頭終了！」

「敵砲撃を回避しつつ、二八ノットで合流地点へ移動する」

南雲の命令が続く。

しかし、その声は苦渋に満ちている。

いまは海戦中のため、加古の乗員を救助する余裕はない。

助けに戻ってこれるのは、敵艦隊が去った後だ。しかも多少なり波がおさまらないと、救助のためのカッターすら出せない。

そうなると舷側から救助索を降ろして、自力で這いあがってもらうしかない。

結果、乗員の生存率は恐ろしいほど低くなるだろう。

それが判っているだけに、南雲の声もかすかに震えていた。

*

午前四時八分。

旗艦モンタナの艦橋に残った作戦参謀が、砲撃の様子を確認するため、左舷の窓から外を見ていた。

――パッ！

一瞬、左舷甲板の先が光ったような気がした。

雨風を突いて、たしかに何かが光ったような気がしたのだ。

しかし次の瞬間。

モンタナの一番／二番砲塔六門が、一斉に火を吹いた。

圧倒的な発射炎と甲高い轟音。

かすかな光など瞬く間にかき消されてしまう。

「命中！」

伝音管を通じて、艦橋の上にある水上監視所から報告が入った。

いまの声は、艦橋で伝音管を聞いていた連絡兵が出したものだ。

声につられて左舷前方を見た作戦参謀だったが、どこにも命中した光景は見えない。

おそらく水上監視所にある、高性能の夜間双眼鏡でなければ確認できないのだろう。

だが……。

この時モンタナは、すでに中破の被害を受けていた。

大波と風雨により、さしもの巨艦モンタナも大きく揺さぶられている。そのせいで、魚雷が左舷前部に命中したことに誰も気付かなかったのだ。

いや、気づいた者はいた。

騒音渦巻く艦橋では誰も気付かなかったが、司令塔内にいるハルゼーたちは気づいていた。

ハルゼーを筆頭とする作戦司令部は、砲撃戦に入る直前、檣楼基部にある司令塔へと移動した。

司令塔は最大級の装甲に守られている。そのため外の音はわずかしか聞こえない。

だから誰もが、ドンという腹に響く振動音を聞き逃さなかった。

「この音は……魚雷だな？」

司令塔内にも長官席が設置されている。

さすがに密閉環境のため、ハルゼーも葉巻に火をつけていない（咥えてはいる）。

「どうでしょう？　砲弾にせよ魚雷にせよ、我が身で直撃を体験したことはありませんので、私には判りません」

カーニー参謀長が馬鹿正直に答える。

「俺だって知らんさ。ただ、相手は重巡だ。重巡の二〇センチ主砲弾では、あれほど腹に響く振動は出ない。となれば魚雷しかないだろ？」

「かもしれません。どのみち命中したのなら、そのうち報告が来るでしょう」

魚雷が命中したというのに、二人は余裕を見せている。

排水量六万三〇〇〇トン・全長二八二メートルの巨艦が、魚雷一発食らったところでどうなるはずもない……そう考えている。


しかしそれは、既存の魚雷の場合だ。

南雲が放った新型の零式長魚雷は、命中時の速度が増している。

その上、搭載している高性能爆薬も、二〇〇キロ増量され九五〇キロに達している。

そもそもが『大和型戦艦の舷側装甲を撃破できる能力を持たせる』というコンセプトで開発された魚雷なのだ。

戦艦としての大和は夢と消えたが、対応策だけは残したことになる。

ゆえに同格の超大型戦艦であるモンタナ級にも通用する。

司令塔に設置されている電話が鳴った。

すぐに通信参謀が出る。

「本艦左舷前部、喫水下二メートルの位置に大型魚雷一発が命中。現在、兵員室に浸水中。ハッチ閉鎖で対応しているものの、波による艦の動揺が激しく、浸水はなおも拡大中……とのことです！」

「当たり所が悪い」

苦り切った顔でハルゼーはつぶやいた。

前部兵員室付近は集中防御区画の外であり、そこへ広範囲に浸水すると前部が重くなって速度が出せなくなる。

それだけでなく、波を乗り越えたあと艦首が沈みこむため、『波浪踏破性能』も大幅に低下する。

このことを瞬時に悟った顔だった。

「たかが重巡ごときに傷つけられるとは……くそっ！」

「敵重巡一、取り残されている模様！」

報告を聞いたハルゼーは、吐き捨てるように命じる。

「確実に潰せ。逃げ出したやつらは、どうせ追撃しても捕まえられん。逃げ足だけは重巡のほうが速いからな」


ハルゼーの命令を受けた戦闘参謀が、通信室と繋がっている電話に走る。

「長官命令！　速度の落ちた敵重巡に砲火を集中せよ。ただちに各艦へ伝えろ！」

カーニー参謀長が、おもむろにハルゼーへ質問する。

「まもなく夜が明けます。どうなさいますか？」

夜明けまで、あと一〇分もない。

外が暴風雨のため、誰もがすっかり忘れていたのだ。

カーニーの質問によって、ハルゼーの頭が冷えた。

「ええい……さっきの敵重巡に対する命令は撤回する。もう少しこの海域に留まりたいが、ここでモンタナを行動不能になるまで酷使するわけにもいかん。

よって第4任務部隊は、台風を避けるためミッドウェイ方面へ移動する。スプルーアンス部隊は、まだ交戦していないから殿軍を命じる。

　残りの部隊……フレッチャーの指揮下にある部隊も反転し、いったんウェーク島付近で様子を見るよう命じる。天候が回復しそうなら、まずフレッチャー部隊を敵艦隊に突入させる。

ただし、敵空母が発艦可能になるほど回復すれば突入は中止だ。その場合はスプルーアンス部隊を使って航空攻撃を実施する」

　ハルゼーは、まだやるつもりだ。

ただしそれは、今ではない。

ハルゼーの命令変更により、重巡『加古』は命拾いした。

　カーニーが口を開く。

「日本の空母部隊も、グアムをこのまま放置しないでしょう。サイパンに上陸用戦力として海軍陸戦隊の一個旅団を駐留させていることは、開戦前の段階で察知しています。ですので日本軍は、かならずグアム制圧作戦を実施してくると判断します」

「うむ、その通りだ。我々としても、グアムだけでなくフィリピンへの日本軍の侵攻を阻止することが主任務なのだから、せめて作戦予定通り、第20任務部隊だけでもフィリピン防衛のため先へ進ませなければならん」

　ハルゼーに与えられた作戦は、敵艦隊の殲滅だけではない。

　グアムとフィリピンを海上から防衛することも含まれている。

　そのため多数の低速戦艦を引き連れてきたのだ。

たとえ足の遅い戦艦でも、マニラ湾に集結させれば、海上移動砲台として活用できる。

　そのための役目として、フォレスト・P・シャーマン少将の第20任務部隊には、ニューメキシコ／ミシピッピ／ペンシルバニア／アリゾナの四隻が与えられているのだ。

　同様に、敵艦隊殲滅後のグアム防衛とサイパン攻略用として、トーマス・C・キンケイド少将率いる第18任務部隊が、コロラド／メリーランド／テネシー／カルフォルニアの四隻を引きつれている。

　肝心のハルゼー率いる第4任務部隊は、グアム防衛作戦を終えたら、フレッチャー部隊とスプルーアンス部隊をともない、いったんハワイへもどる予定になっていた。

　なにしろ第4／第16／第17任務部隊に所属する八隻の戦艦は、いずれも二八ノット出せる新鋭艦ばかりだ。

　戦場はマリアナ海域だけではない。

　日本軍は、ニューブリテン島にあるラバウルからスマトラ島北端のウェー島まで、じつに六〇〇〇キロ以上もの広範囲を占領しているのだ。

　それらを個々の作戦で取りもどすのは、それ相応の期間が必要になる。

　だが、半年という政治的な期限があるせいで、連合国の植民地をじっくり取りもどす作戦など実行できない。

　そこで考案されたのが、太平洋艦隊が持つ世界最大の水上打撃戦力を用いて、一気呵成にマリアナ海域を制圧、そのまま日本本土に突進し、空母航空隊で東京を、戦艦群で太平洋岸の大都市と工業地帯を粉砕、一気に日本を降伏へ追いこむ作戦だった。

　その皮切りとなるマリアナ作戦で、ハルゼーは思わぬ伏兵となった『台風』に苦しめられている。

　これでは……元冦襲来の時の『神風』ではないか。

　日本人だったら、そう思うかもしれない。

だがハルゼーは根っからのヤンキーだ。

しかも頑固な人種差別主義者のため、黄色い猿の日本人に神が加護など与えるものかと本気で思っている。

ハルゼーが作戦を確認したため、カーニーも現状を分析しはじめた。

「現在、我々の上空にある積乱雲の列は、あくまで台風の外側で渦の枝を延ばしている雲の列でしかありません。

台風の特徴として、外縁となる雲の列と台風本体の雲のあいだには、不安定ながら晴天域が存在します。この晴天域は、渦巻きが回転するにつれて位置と範囲が可変しますので、どこが晴れてどこが雨になるか予測するのは困難です。

ただ……たしかに晴天域は存在しますが、たとえ敵艦隊が晴天域へ入ることができても、そう簡単に波浪はおさまりません。

とくに台風本体からやってくる長周期の大波は、ときに波高一〇メートルを越えることすらあります。

また波の周期が長いため、巨大な戦艦であっても、すっぽり波の底にすべり落ちることがあります。ましてや離着艦時に安定した状態を保たねばならない空母は、長周期の波に艦があおられ、航空隊を発艦させたり着艦させることは不可能に近いと判断します」

これはカーニーのいう通りだ。

空母から艦上機が発艦する時、急に艦が一〇メートルも沈みこめば、発艦中の艦上機は波の中へ突っこんでしまう。

同様に着艦時、大波に艦尾を持ちあげられたり、反対に艦尾が沈みこんだりしたら、艦上機は適切な着艦角度を維持できず、飛行甲板に叩きつけられたり制動ワイヤーを捉えそこねて艦首方向へ暴走したりと、艦を巻きこんだ大惨事になってしまう。

むろんこれは日本側だけでなく、スプルーアンス部隊の空母にも当てはまる。

だからハルゼーが『晴れて発艦可能』と言ったのは、『晴れても発艦不可能』な場合もあると暗に示唆したことになる。

「スプルーアンス部隊への通信連絡を終了しました！」

電話口で通信参謀が叫ぶ。

「よし、戦闘終了だ。第4任務部隊は全艦、右舷回頭。ミッドウェイ方面へ移動を開始する。艦隊速度は……航行参謀、モンタナはどれくらい出せる？」

「浸水の具合にもよりますが、二〇ノット程度でしたら。浸水が停まれば二八ノットまでは出せると思います」

その時、カーニーが口を挟んだ。

「最新の報告によりますと、敵駆逐艦の突入雷撃により軽巡サバンナが撃沈され、重巡ポートランドも二発の魚雷を受けて速度低下を来しています。その他にも駆逐艦一隻が撃沈。敵駆逐艦を二隻撃沈したものの、味方被害のほうが大となっています」

平穏な海での夜戦なら、ここまで合衆国側に被害は出ない。

この荒天で不利になったのは、ひとえに砲撃が当たらなかったせいだ。

日本側は駆逐艦のみの突入だったせいで、砲撃は最初から牽制と割り切り、すべてを突入雷撃に賭けていた。

対する合衆国側は、なまじ重巡四隻と軽巡二隻が対応できたため、砲撃中心で応戦したのだ。

ところが砲撃してみたところ風雨で測距が定ま

らず、さりとて目視で直射しようにも、こちらは大波で照準できなかった。

　それでも命中したのは、敵駆逐艦が肉薄雷撃を決行したため、最後の最後で直射が可能になったからだ。

　しかし、その段階で日本の駆逐艦は、すでに魚雷を投射済みだった……。

「ポートランドは二〇ノットも出せんのか？」

「艦の右舷中央部と艦尾に命中とありますので、最悪、推進力を喪失している可能性があります。詳しくは第二報が届かないと、なんとも言えませんが……」

「二〇ノット出せなければ置いていく。その場合、自力でグアムへ向かい補修を受けるよう命令しろ」

　なんとも無慈悲な命令だが、グアムにたどり着きさえできれば何とかなるのも本当だ。


　そしてこれは、日本の重巡『加古』にも当てはまる。

　サイパン中部にあるガラパンには、加古が停泊できる珊瑚礁の切れ目がある。そこにたどり着きさえすれば、陸上からも支援が受けられる。うまく行けば、ある程度の速度を出せるまで補修できるかもしれない。

　だからこそ南雲もハルゼー同様、加古を置き去りにしたのである。

「報告！　浸水は食い止めましたが、前部左舷に開いた大穴はそのままですので、激しい波を受けると再浸水する可能性があるそうです」

　集中防護区画以外の場所は、隔壁ハッチを閉鎖することでしか浸水を食い止めることができない。

　しかも浸水が左舷側に片寄ると艦が左へ傾くため、無事な右舷側にも注水して艦の平均を取らねばならない。

そうすれば、ますます艦首が沈みこみ、速度が出せなくなる。

被害としては魚雷一発のみの命中だが、ハルゼーの言う通り、当たり所が極めて悪かったようだ。

「多少の浸水は、航行しつつ食い止めろ。全艦撤収だ、急げ！」

気がつけば、周囲がほんのりと明るくなってきている。

いまだに激しい風雨の中のため、明るいといっても夜明け前の薄暮の感じだが、たしかに夜が明けたことを物語っていた。

三

八月二八日午前　サイパン北方海域

「第四戦空艦隊の被害状況、確報が届きました」

午前五時三六分。

突然の夜戦から一時間少々が過ぎた頃。

ここは大和艦内にある士官食堂。

山本五十六は、珍しく長官室ではなく士官食堂で早めの朝食をとっている。

そこへ艦務参謀がやってきた。

艦務参謀は、厳密に言えば『戦務参謀』と『政務参謀』に分けられる。

会社でいえば広報・伝達・管理・総務・財務などに相当し、艦の維持をまとめて引きうける役職となっている。

ただし、ＭＧＦ司令部のように艦隊を束ねる巨大組織の場合、『艦務』といっても個々の艦を担当するのではなく、艦隊すべてに目を光らせる総元締めのような役職となる。

どちらかといえば、財閥グループの総帥に仕える統括執事長のような役目だろうか。

山本は箸を動かしたまま、艦務参謀がさし出した報告書を横目で読みはじめた。

すぐに顔を上げる。

「南雲さんは加古艦長に対し、単艦でサイパンへ退避せよと命じたのか？」

被害を受けた艦がいる場合、常識的には、安全確保のため健全な艦を付き添わせる。

たかだか二〇〇キロ程度の距離とはいえ、荒れた海では何が起こるか判らない。ゆえに最低でも駆逐艦一隻を随伴させるべきである。

そう思ったからこそ山本は、確認の質問をしたのだった。

「はい、それで間違いありません。敵艦隊は突如として東へ離脱していきましたが、その意図が台風の影響を避けるためであれば、しばらく戻ってこないと判断できます。そこで南雲長官も、当面は安全だと判断されたようです。

加古は艦の前部を大破したものの、幸いにも機関に損傷はなく、充分な推進力を得ることができます。そこで推進力と浸水阻止が万全であれば単艦での退避も可能と判断、すべてを加古艦長に任せたとのことでした」

「ふむ、南雲さんがそこまで言うのなら、儂としては何も言うことはないな。しかし、よく踏ん張ったというか……呆れるほどの無茶をやったもんだ。

報告によれば敵艦隊には、艦影表にない新型の巨大戦艦、しかも四隻もいたというではないか。

そんなバケモノを相手に、重巡戦隊と駆逐隊だけで突入雷撃を決行したのだから、さすがは水雷屋の南雲さんと言いたいところだが……無茶は無茶だ。

ただ報告が確かなら、指揮下の重巡一隻大破と駆逐艦二隻を失ったものの、敵戦艦一隻もしくは二隻に魚雷を各一発命中させている。敵重巡と敵駆逐艦にも数発を命中させたと書いてあるな。

夜戦、しかも嵐の中の戦闘だから、戦果の確認もままならぬ。信じてはやりたいが、この報告には多分に憶測が混っていると思う。ただ……戦艦を雷撃したのは重巡戦隊のみだから、戦艦に魚雷が命中したのは確かだろう」

かなり手厳しい山本だが、ここで楽観視しても良いことはない。

それは艦務参謀も判っているようで、黙ったまま山本の評価を聞いている。

「ともあれ南雲さんには、殿軍ご苦労だったと伝えてくれ。それと……嵐がおさまるまでは、第四戦空艦隊に第一／第二水雷戦隊を預けることになったから、それも同時に伝えてくれ。

もし万が一にも敵艦隊が戻ってきたら、南雲さんにはもうひと働きしてもらわねばならん。その場合、二個水雷戦隊の増援は強力な支援策となるはずだ」

これまでは、空母艦隊に水雷戦隊が随伴していた。

これは『平時の演習』という表向きの理由のほかに、いざ開戦となった場合、敵の水上打撃部隊が奇襲してくる可能性があったからだ。

そして現実に、その通りになった。

しかし今後は状況が違っている。

周辺海域にいる敵艦隊の位置は、おおよそだが把握できている。

それに基づき、空母艦隊は後方に退避したのち、遠距離から航空攻撃を仕掛けることになる。

そこに水雷戦隊の出番はない。

ならば常に最前線に立たされる第四戦空艦隊に随伴させる。これが、もっとも良い活用法となる……。

この判断ができるのは、作戦運用に関して一任されているMGF司令部だけだ。

当然山本の独断ではなく、先に参謀部と会議をして総意を導いた結果である。

ただし最終的な決断は、山本がしなければならない。それをいま、艦務参謀に託したのだった。

「では、早々に通信参謀へ伝えます」

本来なら伝令の役目を、なんと艦務参謀が引きうけた。

いくら『伝達』が職務にあるとはいえ生真面目すぎる。

ここが士官食堂という場所からしても、一声かければ、伝令くらいすぐに呼びつけられるだろうに。

「うむ、頼む。儂は朝食後のコーヒーを飲んでから艦橋へ上がる」

当人が自分で動くというのなら、当人に任せる。

これが山本の方針のため、何も触れずに了承した。

＊

二八日午後三時。

「我が部隊に殿軍を担わせたということは、ハルゼー長官は航空戦の可能性を捨ててないということですね？」

ムーア参謀長が、どことなく期待の視線でスプルーアンスに話しかけてきた。

二人がいる場所は戦艦サウスダコタの艦橋だ。

ハルゼー部隊と日本の重巡部隊との夜戦は終了したものの、殿軍を命じられたスプルーアンス部隊は、いまも厳戒体制のまま北東へと移動している。

ハルゼーの指揮下に入った第17任務部隊は現在、艦隊速度二四ノットで、ウェーク島南方海上をめざしている。

ただし、一目散にミッドウェイ方面へ移動しているハルゼー指揮下の三個部隊とは違い、スプルーアンス部隊はどちらかというと、北上中のフレッチャー指揮下の三個部隊の後方を守る感じで動いている。

これは敵味方双方が晴天域に入り、台風の影響も空母の発艦を不可能にしない程度の状況が訪れた場合、敵空母航空隊からフレッチャー部隊を守るためのシフトである。

もちろん、フレッチャー部隊が無事ウェーク島近くまで退避できたら、スプルーアンス部隊は護衛任務を解かれる。

そうなれば今度は、敵空母部隊を航空攻撃する機会を得るため、攻撃半径内を遊弋(ゆうよく)する予定になっていた。

並みの指揮官なら、太平洋で二隻のみとなった空母を危険にさらすなど、まったく言語道断の所業と批判するはずだ。

だがハルゼーは違う。

敵味方ともに正規空母二隻ずつダメージを受けたものの、敵空母は沈んでいない。

沈んだのは合衆国空母のみ……。

まさに屈辱である。

開戦劈頭の戦いで受けた屈辱を、ハルゼーはなんとしても晴らしたいと考えている。

そうでないと、大戦果を待ちわびている合衆国市民が納得しない。

　ここらへんが、大統領選挙を有利に運ぶため開戦したという、民主主義国家の悪い点である。

　だが現実は、日本側が圧倒的な空母戦力を誇っている。

　まともに正面から戦えば、残りの二隻も撃沈されてしまうだろう。

　だから奇襲しかない。

　夜戦で味方の戦艦部隊に注目（ヘイト）を集め、その隙にスプルーアンス部隊は行方をくらます。

　そして引き続き、敵空母部隊の注意をフレッチャー部隊へ集中させつつ、スプルーアンスは航空攻撃のチャンスを狙っていく。

　これを台風が過ぎ去るまでに達成できれば、敵空母部隊に大ダメージを与えることができるはずだ。

　そうなれば、グアム攻略支援を行なうためやってくる、日本の戦艦部隊を叩ける。

　ただし、その役目は第4任務部隊ではなく、元の予定通り、スプルーアンス部隊とフレッチャー部隊が担う。

　ハルゼーはキンメル長官から、合衆国海軍の虎の子とでも言うべきモンタナ級戦艦を、絶対に失ってはならないと厳命されている。

　なぜならモンタナ級は、合衆国海軍が初めて大英帝国海軍を圧倒した歴史的象徴であり、いまや合衆国の守り神のように崇められているからだ。

　モンタナ級四隻がハワイに常駐している限り、日本海軍はミッドウェイ方面へ進出するのが難しくなる……そう本気で考えている。

　ただし条件がある。

　モンタナ級の威力を一度は日本に見せつけ、否応なく恐怖を抱かせなければならない。

　それさえ達成すれば当面は用なしだ。

となればさっさと撤収して、ハワイで守護神の役目を全うしていれば良い……。

この作戦の骨子（こっし）を、ハルゼーは忠実に守っている。

問題は、いまだにモンタナ級の威力を見せつけられていないことだった。

「もともと日本の空母部隊を潰す役目は、我々とフレッチャー部隊に任せられていた。ハルゼー長官の部隊は、その後にやってくる日本の戦艦部隊を潰すためのものだった。

なのに……フレッチャー部隊が空母を喪失してしまったため、作戦の変更を余儀なくされた。だからいまある姿は、ハルゼー長官が現場指揮の権限で作戦を変更した結果なのだ」

スプルーアンスの説明を聞いていたカーニー参謀長が、怪訝そうな表情になった。

「フレッチャー部隊に空母がいないので、その判断は仕方がないと思いますが……いささか、我が部隊の仕事が多すぎではないでしょうか？」

圧倒的な敵空母部隊を前に、自分の身を守るだけで精一杯。

なのにこの上、三個任務部隊の直掩任務までさせられる。

これでは勝てる戦いも勝てなくなる。

おそらくカーニーは、そう考えたのだろう。

反論されたスプルーアンスは、珍しく唇の端を吊りあげるだけの笑いを浮かべた。

「ふっ……その通りだな。もちろん、太平洋にたった二隻となった正規空母を、これ以上失うつもりはない。我が部隊の二隻は、太平洋へ新規の正規空母が回航されてくるまでは、なんとしても守りとおさねばならない至宝なのだ。

だから悪いが、フレッチャー指揮下の三個部隊の航空支援は、あくまで我々が安全な立場にいる場合に限らせてもらう。これは絶対に守らねばならない最優先事項だ」

「そうお考えになられていると思っていました」

カーニーの顔に安堵の表情が浮かぶ。

と、その時。

二人の会話をさえぎるように、通信参謀が電文を持ってきた。

「ハルゼー長官からの通達です。第４任務部隊が安全なミッドウェイ海域に到達したら、指揮下にある二隻の軽空母と軽巡ナッシュビル、それに駆逐艦二隻を分離して、フレッチャー部隊に臨時配属させるそうです。

同時にハワイへ連絡し、ハワイの留守部隊に所属している護衛空母四隻……ボーク／カード／コパヒー／コアを、若干数の護衛とともに、ミッドウェイとウェーク の中間付近まで進出させ、これもフレッチャー部隊の支援に当てるそうです」

ハルゼーの部隊は、これからミッドウェイを経由してハワイへもどる。

そこで、ハワイにもどってから部隊を再編するのではなく、分離という形で、先に軽空母二隻をフレッチャーへ与えるつもりらしい。

「なんだか、出せるものはすべて出すといった感じだが……まあ、妥当な策だな。絶対に諦めないハルゼー長官らしい決断だ。

それにこれは、我々にとっても朗報となる。二隻の軽空母には、新鋭のＦ４Ｆ八〇機が搭載されている。これがすべて艦隊直掩に使えるのだから、我々が苦労して直掩を送る必要はなくなる。

そして後日にやってくる護衛空母は、おそらく新規の任務部隊編成になるはずだ。そうしておけば、高速で移動できる我々とは別の作戦行動が可能になるし、独自にフレッチャー部隊の航空支援も可能になる」

ハルゼーは頑張った。

保守的なキンメル長官を説得して、ハワイから根こそぎ護衛空母を出撃させたのだ。

結果的に、真珠湾には空母がいなくなる。

もし日本の艦隊がハワイへ奇襲攻撃を仕掛けてきたら、いくらハルゼー部隊がいても対応に苦労するはず。

その危険性を受容してまで、なんとか日本艦隊に一矢報いたい。

そんなハルゼーの熱い思いが、堅物のキンメルを動かしたのだった。

「そうなれば、ずいぶん楽になりますね。まあ、空母戦力の圧倒的な差だけは埋まりそうにないですけど」

「我々は、持っているモノでしか戦えない。そして指揮官は、与えられたモノだけを使い、敵を撃破しなければならない。

どれだけ不利だからといって、泣き言を吐くだけというのは許されないのだ。泣いてもわめいてもいいから、ともかく敵を撃破するための策を張り巡らし、一隻でも多くの敵艦を屠(ほふ)らなければならない。それが我々の使命だ」

なんとスプルーアンスが精神論を口にした。

天地がひっくり返るほどの出来事なのは、新参者のカーニーでも即座に認識できた。

それだけ苦境にある……。

だがスプルーアンスは、まだ諦めていない。

いま言った精神論の言外に、その思いが詰まっている。

「まあ、どのみち台風が過ぎ去るまでは、敵味方とも様子見になることを祈りたいですね。

敵は空母戦力の圧倒的優勢を自覚しているでしょうから、わざわざ台風の隙を突いて、強行手段に出なければならない理由はありません。

台風がいなくなり、なおかつ我々が攻撃半径に入ってくるのなら、その時に正面から叩き潰せばいいのですからね。

対する我々は、策としては奇襲オンリーとなります。その場合、圧倒している水上打撃戦力をどう使うか、そして敵が躊躇しているあいだに、どれだけ航空戦力を出せるかが、我々が勝利する最大要因となるでしょう」

「それについては、もう考えてある。今日のところは、まだ晴天域へ入ることができなさそうだから、動くとすれば明日の朝になる。

それまでに作戦会議を開くから、各群の司令官をサウスダコタの会議室に集めてくれ。それからフレッチャー部隊に連絡して、こちらで作戦を練っているから、まずはこちらの作戦を見てから今後の動向を決めてはいかがだろうかと打診してくれ」

いまのスプルーアンス部隊は、フレッチャー部隊の指揮下に入っている。

しかもハルゼーからは作戦を一任されている。つまり立場的には、ハルゼー部隊の長官代理になったようなものだ。

ハルゼーはフレッチャーより先任、率いる任務部隊のナンバーも一桁。だから同じ作戦長官であっても格が違う。

こうなると、いかにフレッチャーが三個部隊を束ねる作戦長官とはいえ、スプルーアンス部隊まで指揮下に入れるのは難しくなる。

指揮系統的には、全作戦の統括を一任されたスプルーアンスが、新たな作戦長官につくのが妥当……。

いまのスプルーアンスの命令には、そのことが色濃く反映されていた。

「よろしいのですか？」

カーニーもすぐさま気付き、大丈夫かと危惧してきた。

「よろしいも何も、もともとはフレッチャー長官が空母を失った事が原因だろう？　いわば我々は、その尻拭いをさせられているわけだ。

ならばフレッチャー部隊は、いくら規模が大きくとも、作戦の軸となる我々の指揮下に入るべきだ。

とはいえ……いや、ハルゼー長官のことだ。指揮系統を不安定なままにするはずがない。おそらく今夜にも、キンメル長官による指揮権交代の命令が届くはずだ。

そうだな。では、ハワイから命令が届くまでは、いらぬおせっかいはやめておくことにしよう。

先ほど出した命令を修正する。作戦会議は予定通り行なうが、フレッチャー部隊への連絡は延期する。ハワイから命令が届いてから、作戦会議の結果を通達する。これなら波風は立たない」

理論的に納得できれば、一度下した命令を撤回するのも躊躇しない。

それがスプルーアンスである。

「了解しました。では作戦会議の件のみ進めます」

指揮系統に関する問題が無事に解決しそうだと感じたカーニーは、ようやく納得して返答した。

かくして……。

すべては台風任せであるものの、日米両艦隊は、厳戒態勢を維持しつつ様子見に入ったのだった。

四

八月二九日朝　サイパン北方海域

二九日の夜が明けた。

現在時刻は午前九時二八分。

日の出から現在まで、第一航空艦隊の周辺は平穏なままだ。

だが、その平穏を引き裂くように通信連絡が入った。

「小笠原所属の九九式飛行艇より入電。貴艦隊より東方九六〇キロの海域に、戦艦多数をふくむ合衆国海軍の三個部隊を発見。戦艦数は確認しただけで一〇隻以上。引き続き監視を続行する、とのことです！」

大和艦橋へ報告にきたのは通信室からの伝令だ。

電文に目を落とし、山本五十六の前で読み上げている。

現時点において第一航空艦隊は、第二航空艦隊だけでなく第四戦空艦隊も合流させている。これは嵐から安全に退避するためだ。

合流した機動連合艦隊の位置は、小笠原諸島南方五五〇キロ。

サイパン北部から見ると、おおよそ北方七八〇キロ地点となる。

「一〇隻以上……別の部隊がいたのか」

これは質問ではなく、山本の独り言だ。

山本が把握している状況は、ミッドウェイ方面に退避中の巨大戦艦部隊のみ。

二隻の空母をもつ部隊（敵乙部隊）と空母を失った部隊（敵甲部隊）は、いまもって行方がわからない。

そこで山本は当面、この二個部隊を警戒するよう命じていたのだが……。

これまでの情報からすると、二個任務部隊の戦艦数は合計四隻のはず。

二個部隊に巨大戦艦部隊から四隻まるごと移動させても、報告にある一〇隻には足りない。

となると、まったく未知の戦艦部隊が存在していることになる。

そう山本は結論した。

「別の部隊としか考えられませんが……そうなると米太平洋艦隊は、マリアナ海域へ一四隻以上もの戦艦を出した計算になりますが……いくらなんでも、それはちょっと」

宇垣が常識的なことを進言した。

暗に山本の判断が間違っていると明言したようなものだ。

しかし山本は、それを『苦言』と受け止めた。

「まあ、普通に考えればそうだな。しかし開戦前、ハワイには二〇隻の戦艦がひしめいていた。対する我が方は総勢六隻のみ。

となれば半数の一〇隻を出せば圧倒できる……

そう考えても不思議ではない。これが、おそらく真実だろうな。

おかしいと思っていたのだ。グアムにいた二個任務部隊には戦艦が四隻のみ。これでは、我々に対するには空母数だけでなく戦艦数も足りない。

だから開戦となれば、かならず増援の戦艦が来ると思っていた。そして予想通り、巨大戦艦四隻がやってきた。

こうなると八隻。数としてはまだ充分とは言えないが、米国側が最新鋭の巨大戦艦四隻と新鋭の四〇センチ砲搭載型四隻なら、これだけでも圧倒していると判断できる。

だからハワイが出してきたのは、この三個艦隊で打ち止めだと思っていた。だが……さらに出してきたのなら、グアムを防衛するだけではないはずだ」

簡単な数の計算。

だが、たったそれだけで山本は、かなり正確に合衆国側の意図を見抜いている。

さすがと言うしかない。

「先に判明している戦艦八隻は、いずれも新鋭の高速戦艦ばかりです。となれば、新たに発見した一〇隻以上の戦艦には、従来型の低速戦艦も混っているはずです。それらは伊勢型や扶桑型と類似する艦ですので、性能だけ見れば長門型二隻のほうが有利ですが……。

言いかえれば、敵の高速戦艦のうち、行方不明の四隻は長門と陸奥で、敵の低速戦艦一〇隻以上は、伊勢／扶桑型四隻で対応しなければならないということです」

どこを取っても、二倍もしくはそれ以上の敵側優勢だ。

だが宇垣の計算には、ミッドウェイ方面へ去っていった巨大戦艦四隻は加えられていない。もしあの四隻が戻ってくれば、さらに絶望的……。

正面からぶつかれば味方は全滅、敵は二隻から三隻の喪失で終るだろう。

つまりボロ負けだ。

「うむ、その通りだ。だからこそ我々は、敵戦艦を航空戦力で半減……いや最低でも半数以上を撃沈しなければならない。具体的には高速戦艦二隻と低速戦艦六隻だ。これでようやく対等になれる」

いやはや……。

改めて確認すると、合衆国があえて戦争を吹っかけてくるのも当然の戦力差である。

空母を重視していない連合軍から見れば、たしかにひと捻りで戦争を終わらせられると確信するのも無理はない。

だが山本は、そこに勝機を見い出している。

つまり高速戦艦二隻と低速戦艦六隻の撃滅は、艦隊水上決戦を行なう前に達成可能だと確信しているのである。

「それはそうですが、台風だけは誤算でした」

「自然を相手に愚痴を言っても始まらん。自然が邪魔をするというのなら、その邪魔すら利点に変えるのが策というものだ」

「と、申されますと？」

「詳しくは今夜の作戦会議で決める。明日には小笠原南方海上で、第一戦空艦隊および輸送艦隊とも合流できるだろうから、それまでに今後の作戦を煮詰めておきたい。

そして会議の場で、儂の考えも知らせる。もちろん参謀部が反対するなら、参謀部による作戦変更案を優先するが……儂の考えも考慮に入れてくれると嬉しい」

口では参謀部を優先すると言いながら。

実際には、山本の私案を作戦に反映して欲しいと願望を出す。

そう言っているのがＭＧＦ長官なのだから、参謀部も無視できない。

やはり山本は、言葉巧みに翻弄するバクチ好き長官だ。

「最終判断を参謀部に一任して頂けるなら……」

ここまで言われたら、宇垣も折れるしかない。

そうしないと山本がヘソを曲げる。

かくして日本側の方針は、今夜の作戦会議を待つことになった。

＊

三〇日午前五時。

機動連合艦隊は、この時点で一個の超巨大な艦隊に成長している。

第一／第二航空艦隊、第一／第四戦空艦隊、輸送艦隊が内訳だ。じつに日本海軍に所属する大型艦の約三分の一が集結したことになる。

現時点は小笠原諸島南方三八〇キロ。

これ以上日本に接近すると、敵空母部隊によって小笠原諸島が脅威にさらされる。

小笠原諸島は小島の集まりにすぎないが、永年にわたって日本本土を守るため前哨基地が設営されてきた。

もしこの海域が合衆国軍に奪取されたら、日本は中部太平洋全域に張り巡らした、飛行艇や陸上偵察機による索敵網を失うことになる。

ゆえにこの海域は、日本海軍にとって日本を守る絶対防衛圏の外縁となる。

これ以上、敵の侵入を許さない。

戦うためには前に出るしかない。

これが絶対防衛圏の意味である。

「まもなく日の出となります」

午前四時に大和艦橋に上がってきた山本五十六。

そこへ、寝ずの番をしていた宇垣纏参謀長が報告しに来た。

「夜番、御苦労だった。もう休んで良いぞ。あとは任せて欲しい。貴様が寝ていても、参謀部と作戦会議の結果があれば、どうとでも対処可能だ」

山本は午前三時に行なわれた作戦会議に合わせて起床したが、宇垣は昨日の午後から寝ていない。

しかも宇垣は、長官代理としてMGF司令部を預かる身のため、ずっと艦橋に詰めっきりだった。

当然、会議は参謀部に任せた。

会議の結果は報告を受けたようだが、ここで山本が寝ろというのは、いささか仲間はずれにしているような感じがしないでもない。

案の定、日頃からぶすっとしている宇垣の顔が、なおさら渋面になった。

「そう怒るな。なにかあったら速攻で起こしてやる。だから安心して身体を休ませろ」

さすがは夫婦の夫役。

女房役の気持ちは良く理解している。

「わかりました」

宇垣はそう答えると、艦橋後部にある階段へ歩いていった。

「さて……作戦参謀！」

宇垣不在のあいだは、作戦参謀が参謀長代理を務めることになっている。

これは定例ではなく、その場その場の状況に応じて臨機応変に代わる仕組みだ。

「はい、なんでしょう」

「作戦予定では、会議終了後ただちに、小笠原所属の飛行艇を索敵に出すとなっていたはずだ。さらには離艦可能であれば、大和からも双発の天雲を出すことになっていた。でもって……見た感じでは、天雲は出ていないようだな。やはりこの波では無理か」

艦橋から見える飛行甲板の張り出し部分には、いつものように天雲がワイヤーで係留されている。

それを確認した上での発言だった。

「先ほど航空参謀に報告を受けました。天雲はお考え通り、現在の波高が七メートルと高すぎて、離艦どころかワイヤー係留しないと落下喪失するそうです。

小笠原の水上機基地は、波裏となる父島の双海湾にありますので離水可能です。すでに午前四時の段階で二機が出撃を完了し、現在は本艦隊の東方三四〇キロ付近を飛行中と思われます。

ですので、敵艦隊の進路にもよりますが、おそらく二時間以内には敵艦隊を捕捉できる距離に到達できるとのことでした」

作戦参謀の返答を聞いた山本は、少し考えたあと、ふたたび口を開いた。

「天雲が出せないとなると、空母の艦上機も出番はないか」

「はい、そうなります」

作戦参謀の表情を伺っていた山本は、いきなりニヤリと笑いながら言った。

「だが……水戦爆隊は出せるよな？」

「はい。水戦爆の発艦はカタパルト射出ですので、波による艦の動揺はあまり影響ありません。問題があるとすれば、帰投した際の着水時でしょう」

「着水に関しては、例の秘策がある。だから心配しないで良い」

例の秘策……。

これが作戦会議において、山本五十六が作戦達成のための対処法として出したものだ。

「準備はできているか？」

「はい、万全です」

二人とも悪い顔になっている。

それこそ『ふふふ』という含み笑いが聞こえてきそうだ。

「ならば良い。気を引き締めて報告を待つにしよう」

それきり会話は途絶えたが、二人ともやるべき仕事は山積している。

山本は各艦隊の位置を常に確認しなければならないし、作戦参謀は輸送艦隊内で待機状況にある陸軍部隊と、作戦の擦りあわせを密にしなければならない。

なにしろグアム攻略作戦を中断した結果、陸軍部隊には一方的に迷惑をかけてしまったからだ。

帝国陸軍部隊なら、たとえ台風のド真ん中であっても行軍すると言い張りそうだが、さすがに海軍は接岸したり湾内で上陸準備をする際、台風の風雨と波は致命傷となる。

たとえ陸軍部隊が無事に上陸を果たしても、その後の継続的な物資供給が可能か否かは台風次第だ。

やはり山本が決断したように、万全の体制でグアム攻略を行なうなら、台風が通過したのちが最適となる。

しかし、待機している陸軍部隊や艦隊は、ただ待機しているだけで物資と燃料を消費する。それらの調整もMGF司令部の重要な役目……なかでも作戦参謀が行なわねばならない職務なのだ。

「そうだな……少し時間は早いが、宇垣を起こしてくれ。ここで起こしておかないと、本格的にヘソを曲げられてしまうからな」

「承知しました。私が手配いたします」

作戦参謀が、打てば響くように応答した。

宇垣は真面目な性格ゆえに、なにか参謀部に大役が回ってきた時、その場にいないと機嫌が悪くなる傾向がある。

その矢面に立つくらいなら、さっさと参謀長代理を返上したいようだった。

第四章　小笠原沖海戦

一

一九四三年八月三〇日　小笠原諸島南東海域

三〇日午前六時三二分、大和艦橋。

待ちに待った報告が、小笠原所属の九九式飛行艇二番機よりもたらされた。

本日は未明より、周囲の空に変化が現われた。

あれほどの豪雨と強風をもたらしていた積乱雲の列が、ついに北西方向へずれたのだ。

とはいえ、気まぐれで足の速い台風周辺の雲だけに、上空に晴天域が存在するのは今日の午前中程度になるだろうとの予測が出ている。

この好機を逃せば、次は台風本体の猛烈な雲がやってくる。

現在の台風は、グアム南東八〇〇キロ付近を時速一五キロと遅い速度で北東へ向かっている。

しかし台風本体の直径が一〇〇〇キロ以上あるため、すでにグアムは暴風雨圏内だ。

勢力も当初の予想を越え、気圧が七九〇ミリバール（ヘクトパスカル）。

最大瞬間風速は七〇メートル、波の高さも最大一〇メートル以上と、もしこの勢力で日本に上陸したら史上最強の台風になるほどだ。

むろん日本に接近するまでに勢力は衰える。

しかしこの海域では、毎年一個から二個程度は発生する『並みの台風』にすぎない。

『索敵中の飛行艇より入電！』

大和艦橋のスピーカーが、突如として大音響で鳴り響いた。

「全員、静粛！」

大和副長が艦橋内の静粛をうながす。

『本日六時二五分。機動連合艦隊東方四八〇キロの海域に、昨日捕捉した敵戦艦部隊を発見。現在、北東方向へ一八ノットで航行中。さらに追跡する。以上です！』

波が高いため、艦上機は離艦できない。

これは敵側も同じなため、もし行方不明の敵乙艦隊が低速戦艦部隊を支援しようにも、肝心の艦戦を飛ばすことができない。

ゆえに索敵中の飛行艇は、直掩機のいない敵艦隊の周囲を余裕で飛ぶことができるのだ。

「全水戦爆隊、ただちに出撃せよ」

山本が落ち着いた声で命令する。

「作戦開始！」

作戦参謀が命令を復唱する。

まずMGF航空参謀が、通信室へ命令を伝えるため電話所へ走る。

これが艦上機部隊なら、空母と航空戦艦に通達すれば良い。

だが、ことが水戦爆隊となると、連絡する相手の数が桁違いに多い。

なにしろ重巡／軽巡／水上機母艦／駆逐艦のすべてに水戦爆は搭載されているのだ。

そこで全艦一斉通達が可能な無線通信での連絡となった。

ちなみに、敵の攻撃隊がやってくる可能性がないため、現在は無線封止を行なっていない。

機動連合艦隊所属の水戦爆は、総数八三二機！

具体的には、第一戦空艦隊（一五六）／第一水雷戦隊（三二）／第一駆逐戦隊（七六）、第四戦空艦隊（二二四）、第一航空艦隊（八六）／第四水雷戦隊（四八）／第四駆逐戦隊（五四）、第二航空艦隊（六二）／第五水雷戦隊（四八）／第五駆逐戦隊（四六）となる。

ただし、これまでの戦闘で、喪失／出撃不能になった機が多数ある。

補用で充填できる数には限りがあるため、すべてを補填できたわけではない。

そのぶんは純減している。

また総出撃とはいえ、最低数の直掩機は残さなければならない。

あれやこれや調整した結果、出撃総数は六八〇機となった。

そして午前六時五八分。

出撃に割り当てられた水戦爆のうち、射出時の事故で出撃不能となった八機をのぞく全機――六七二機が上空に集合した。

「水戦爆隊、出撃せよ」

山本五十六の最終的な決行命令が下される。

「水戦爆隊、出撃！　出撃後は各飛行隊ごとに集合し命令を待て!!」

航空参謀が電話口で大声を上げる。

各艦の航空長（空母と航空戦艦は航空隊長）へ向けて、通信連絡による命令を伝達しているのだ。

「ふう……なんとかなりましたね」

ひと仕事終えた宇垣が、ようやく定位置――山本の横に立った。

顔には、史上最大規模の出撃を完遂させたという満足感が現われている。

その表情を見た山本は、『急いで起こして正解だった』と思った。

*

午前七時三〇分。

水戦爆の大群が出撃して三二分後。

予想もしない報告が山本のもとへ届いた。

「小笠原所属の九九式飛行艇一番機より入電！　機動連合艦隊東南東五四〇キロ地点に、正規空母二隻をふくむ敵部隊を発見！　事前情報より敵乙部隊と思われる、以上！」

艦橋の電話所で叫ぶ通信参謀の声が、いつもよりかなり高い。

それだけ予想外の発見だった。

ちなみに、先に低速戦艦部隊を発見したのは二番機だから、いまの連絡は同時出撃した別の飛行艇である。

報告を聞いた山本は、しばらく口を開かなかった。

「……長官？」

宇垣が、たまらず声をかける。

山本は迷っていた。

いまが千載一遇のチャンスであることは間違いない。

だからこそ、出撃可能な水戦爆隊を最大数出したのだ。

しかしここに来て、ターゲットがひとつ増えた。

目標を変更するか、しないか。さもなくば水戦爆隊を二手に分けるか……。

選択次第では、戦果が大きく変る。

ならば、いまの日本にとって、もっとも有利となる選択を行なわねばならない。

山本は面（おもて）を上げた。

「水戦爆隊へ緊急命令。目標を変更する。全機、あらたに出現した敵乙部隊所属の正規空母二隻を最優先で撃沈せよ。

　敵正規空母撃沈後は、敵乙部隊所属の戦艦二隻を攻撃。戦艦に命中弾多数を与えた時点で攻撃中止。ただちに第一目標へ進路を変更、残りの戦力で撃滅せよ」

　山本の決断は、『敵空母を最優先で確実に屠れ』だ。

　その後の敵戦艦への攻撃は、水戦爆の二五〇キロ爆弾では撃沈は難しいと判断し、被害を与えれば目標達成と見なすものだった。

　まずは正規空母、次に新鋭戦艦二隻、最後に旧式戦艦部隊。

　明確な優先順位をつけて、確実に戦果をものにする。

　二兎を追って二兎を得る。

　この場合、最初に空母二隻を確実にしとめるから、一兎も得ずにはならない。


　これが山本の策であった。

　宇垣参謀長の復唱、通信参謀による通信室への報告。

　これらを経て、ようやく進撃中の水戦爆隊へ作戦目標の変更が届く。

「目標を変更したが、どれくらいで接敵する？」

　命令を終えた山本は、そばに立ったままの航空参謀へ質問した。

「当初は、あと一時間ほどで到達の予定でした。ですが敵乙部隊までですと、さらに三〇分ほど必要になります。なので到達予想時刻は午前九時ごろとなります。なお水戦爆の航続距離には余裕がありますので、目標変更の影響はありません」

「その間に敵襲の可能性はない……な？」

「はい。この波で出撃できるのは、艦隊所属機では水上機のみです。空母艦上機は、敵味方ともに発艦不能です。

もしかするとグアムから陸上航空隊が飛んでくるかもしれませんが、現地がすでに暴風域に入っている現在、可能性は限りなく低いでしょう。たとえ万が一に敵の陸上爆撃隊が飛んでこれても、上空には直掩の水戦爆がいますし、各艦の対空射撃もありますので、被害は最小限に抑えられると判断します」

「うむ、ならば現在の状況のまま、水戦爆隊の戦果報告を待とう。その後は水戦爆隊の帰還する時間に合わせて陣形を変更する」

戦いを終えた水戦爆隊がもどってきて着水する。

じつはこの瞬間が、もっとも危険だ。

現在の波高は四・二メートルと変わらない。おそらく晴天域に入っているあいだは、この状態が続くと予想されている。

となれば……。

高低差四・二メートルの海面に、水戦爆は着水しなければならない。

普通に考えれば無理だ。

短いながらも着水して滑走しなければ、水上機は速度を落とせない。

その間に、いくつもの大波を乗り越えなければならない。いくら腕に自信があっても、大半の機は頭から波に突っこんだり横転するのが関の山だ。

だが……。

山本の秘策により、これが解決できるという。

ただしそれを実行するには、ある程度の時間と艦隊機動が必要になる。

そのための陣形変更である。

陣形変更の命令は、宇垣に対してのものだ。

複数の参謀が動く必要があるため、どうしても宇垣の采配が必要になる。

「各艦隊へ通達。現状維持のまま水戦爆隊の戦果報告を待つ。そして帰投予想時刻の一時間前までに、着水陣形五型へ移行するための艦隊機動を実施する。以上、各参謀は担当部所へ命令を通達せよ」

　宇垣の命令に対し、複数の参謀が電話所へと走る。

　こういった同時多発的な発令を考慮し、大和の艦橋電話所には六個の電話機が設置されている。

　そこへ同時に人が殺到して呼び出しトグルを回しても、大和艦内にある電話交換所では一〇名の交換士が待機しているため、まだ余裕で対処可能である。

　なお宇垣が口にした、『着水陣形五型』という聞きなれぬ言葉。

　これこそが山本の秘策だ。

　そして命令として使用されているのでも判るように、秘策といっても機動連合艦隊にいる者にとっては、これまで何度も猛訓練してきた日常的な行動でしかない。

　いわばルーチンワーク。これを秘策に変える。

　そこに山本の、バクチ打ち的な性格が現われているのである。

「頼むぞ」

　思わず漏らした山本。

　その一言には、苦節の日々……。

　海軍軍縮条約から今日（こんにち）まで貫いてきた空母最優先主義。

　これらの集大成としての水戦爆隊に信頼を寄せる……。

　そんな万感の思いが込められていた。

＊

　午前九時三分。

　ここは航空重巡『妙高』飛行隊一番編隊に所属

する、水戦爆のコックピット。

「通信、来ました！　こちら小笠原水上機基地所属の九九式飛行艇一番機。飛行中の連合水戦爆隊、貴隊の総指揮官へ連絡する。本機は敵乙部隊の周囲を周回中。高度は八〇〇。

敵乙艦隊の位置は、先の報告より東へ五一キロ移動。現在は二八ノットで航行中。これより貴隊到着まで、可能な限り教導する。以上、奮闘を祈る！　……だそうです」

後部席に背中合わせで座っている松島和樹少尉。彼が電信による通信連絡を報告してきた当人だ。

機動連合艦隊から出撃した水戦爆隊は、総称として『連合水戦爆隊』が命名された。

おそらく単一機種で構成された飛行隊としては、史上最大規模の部隊である。

「了解。近くを飛んでいるのなら、こっちで応答する」

歳のわりには若い声を出したのは、操縦席に座る藤吉直四郎大佐だ。

海兵四四期卒で、宇垣纏から見れば四年後輩。

本来なら藤吉は、第一戦空艦隊の水戦爆飛行隊長である。

同時に航空重巡『妙高』隊飛行隊長でもある。

空母の艦上機部隊であれば、空母ごとに独立した航空隊として編成されているため、このような艦を束ねる飛行隊とはならない。ゆえに藤吉の兼任は水戦爆隊特有のものだ。

大佐といえば大型艦の艦長にもなれる階級だ。

本来なら搭乗せず、戦隊単位で指揮を司る『航空長』であるべき地位なのだが、当人が現場にいたいと懇願したため、第一戦空艦隊の航空長は別の大佐が担っている。

なお第一戦空艦隊には、艦上機を搭載する航空戦艦と軽空母もいる。そのため水戦爆隊とは別に、艦上機部隊を束ねる『航空隊長』がいる。

今回の肩書きは、さらに震えるほど凄い。

『連合水戦爆隊総隊長』、それは機動連合艦隊に所属するすべての水戦爆を統率する、総大将の役職だからだ。

ここまで役職が高いと、指揮統率するだけでも手一杯になるはず。

しかし、そこは臨機応変。

藤吉が行なう主な任務は、MGF司令部に対する通信連絡と、妙高隊への指揮命令のみとなっている。

あとは各飛行隊長に一任することで、指揮系統を簡略化してあるのだ。

もし各飛行隊長では手に余る事態が発生した時だけ、藤吉へ通信連絡して指示を願う仕組みなのである。

「こちら連合水戦爆隊、藤吉総隊長だ。現在、敵部隊より二〇キロほど北に離れた海域を飛んでいるが、まだ敵部隊を現認できていない。よって誘導を頼む。当方の高度は一〇〇〇。時速三八〇キロで飛行中だ」

近くに飛行艇がいる。

そう藤吉は確信し、普段使っている九八式航空電信装置（後部席設置）ではなく、操縦席に設置されている零式航空電話装置での通信を試みた。

やや雑音が多いものの、すぐに返事が来る。

『こちら飛行艇一番機。今こちらから貴隊を確認した。貴隊より南東一六キロ、高度八〇〇を飛行中。貴隊がこちらを確認後、敵部隊の東方一八キロ地点へ教導する。以上』

先方も無線電話に切りかえた。

この無線電話は、各飛行隊長機に設置されている。

だがそれ以下となる、編隊長機や編隊所属機には設置されていない。

対する空母艦上機は、一式艦戦『疾風』は全機、零式艦爆『極星』と零式艦攻『雷山』には編隊長機へ設置されている。

帝国海軍は、どうしても花形の艦上機を優先しがちだ。

それゆえに水戦爆は、どうしても後回しにされてしまう。

ただ……次期水戦爆となる予定の機には全機搭載するらしいから、それまで待てと通達が出ている状況である。

『こちら第四戦空艦隊所属の日進隊隊長、正木。我が隊の左翼前方一一時方向に飛行艇一機を現認した。総隊長へ指示を願う』

第四戦空艦隊所属機は、もっとも東寄りを飛んでいる。

そのさらに南南東方向なのだから、連合水戦爆隊の中心前方にいる藤吉が見つけられないのも当然だった。

「こちら総隊長。各飛行隊長へ告げる。全飛行隊、進路を左翼一一時方向へ修正せよ。高度の変更はない。総隊長機が飛行艇を現認して以後は、飛行艇の教導に従え。

敵部隊発見後は、各機は所属飛行隊長の指示に従い、ただちに緩降下爆撃を実施せよ。第一目標は敵正規空母二隻。これを撃沈確認後でなければ、他の艦への攻撃は許可しない。

事前情報では、敵部隊上空に直掩機はいない。だから落ち着いて、しっかり狙え。以上だ！」

この命令以降は、各飛行隊長の判断で水戦爆隊全機が動いていく。

藤吉も以後は妙高隊長としてだけ行動すれば良いはずだが、気持ちだけは重巡戦隊長、できれば第一戦空艦隊総隊長としても目を光らせていたい。

当然、爆撃などしていたら役目を果たせない。

そのため藤吉だけでなく、各飛行隊長機も爆装なしで参加している。

「左翼前下方、距離一〇〇〇に飛行艇」

後部座席で背を向けて座っている松島和樹少尉が、どうやって確認したのか、機体前下方にいる飛行艇を発見したらしい。

おそらく身体を固定するベルトを外し、身をよじらせて、自分の右後方を見たのだろう。

「了解……確認した」

ふたたびマイクを取る。

『こちら総隊長。飛行艇を現認した。当機の左翼前下方、距離一〇〇〇を飛行中だ。各飛行隊長は現認せよ』

続いて、妙高飛行隊の各編隊長機へ通達するため、風防を少し開ける。

左手を高々と延ばし、前後に大きく揺らす。

同時に左右の翼を大きく上下に揺らす。

これらはすべて『我に続け』の意味だ。

本来、水戦爆隊では、どちらかしか用いない。

だが今回だけは、確実を期すため行なった。

「よし。これであとは、第一編隊を誘導するだけだ」

「爆撃できないのが残念です」

後部座席の松島が、本心から残念そうな声を出した。

「今回は敵に直掩がいない。だから俺たちも爆装しても良かったんだが、万が一、俺たちが撃墜されたら混乱を生じさせる。たとえ直掩機がいなくても、敵には対空射撃があるからな」

「はいはい、承知しておりますとも。ここは戦果を捨てて、水戦爆隊の指揮統率と戦果確認に邁進することにしましょう」

松島とて士官の少尉。

藤吉機に乗っていなければ、最低でも編隊長機の機長くらいにはなれたはず。

しかし松島は、水戦爆隊での爆撃評定が合格点に達しなかった。

そのため少尉の身でありながら、後部座席担当を割り当てられてしまったのだ（水戦爆隊の士官は全員、操縦士としての訓練を終了している。通常、後部座席要員は電信／機銃射撃の担当のため操縦士訓練は受けていない）。

そうこうしているうちに。

飛行艇越しに敵部隊が見えはじめた。

すでに対空射撃を実施している。

どうやら飛行艇一番機は、直掩機がいないことを幸いに、かなりきわどいラインまで接近して敵情を探っていたらしい。

当然、敵部隊も視認する。おそらく撃ち落とそうと、射撃も行なったはずだ。

そのたびに、ひらりと身をかわして遠ざかり、しばらくすると接近する。これをくり返していたのだろう。

敵から見れば、神経を逆撫でする行為である。

そこに水戦爆の大群が現われれば、過剰反応するのも無理はなかった。

「妙高飛行隊の各編隊、右翼一時方向にいる敵正規空母を狙え。間違っても他艦の飛行隊とカチあうんじゃないぞ！　爆撃中に衝突事故でも起こしたら、それこそ笑い者だ。

だから緩降下開始前に絶対、他の飛行隊の位置確認を行なえ。これは隊長命令だ。いいな！」

水戦爆は緩降下しかできない。

そのため編隊単位で縦列を作り、直線的な降下爆撃を実施する。

同じ編隊内にいる機とは前後の位置関係があるため衝突しないが、他の編隊、ましてや他艦の飛行隊が乱れ飛んでいる現在、好き勝手に飛んでいると衝突する可能性はけっこうある。

『了解！』

すぐ各編隊長の元気の良い声が返ってくる。

とはいえ、無線電話に繋いでいるヘッドホン越しにだ。

わずかな時間が経過したのち。

『こちら羽黒飛行隊長、相原。総隊長機の左翼前方に那智飛行隊、右翼前方に足利飛行隊、直後に羽黒飛行隊がいます。いずれも妙高飛行隊の爆撃を待っている最中です』

後方にいる羽黒飛行隊長から、無線電話が届いた。

どうやら、こちらが確認しにくいと感じて、後方から確認してくれたらしい。

「こちら藤吉、了承した。しっかり狙って落とせよ」

返事はない。

もとより返事を期待しての返答ではなかった。

「総隊長。我が編隊以下、妙高隊全機も、総隊長の降下開始命令を待っているみたいですよ」

せかすように、後部座席の松島が報告する。

藤吉は返事もせずに、操縦桿を引いて上昇を開始した。

こうすることで、編隊二番機へ進路をゆずることができるからだ。

「二番機、緩降下に入りました」

すぐさま松島が確認の報告をする。

現在の藤吉機は、敵部隊に背を向けて上昇している。そのため敵部隊関連の確認は、すべて松島の役目となっている。

「上空に敵機なし……まあ、当然だな」

日頃の癖で、敵直掩機がいないか確認してしまった。

これから藤吉が行なうのは戦果の確認と、対空砲火により被害を受けた機の確認だ。

そのためには、他の機の邪魔にならない場所を選び、全周警戒をしながら飛ばねばならない。

そして妙高飛行隊が爆撃を終了したら、速（すみ）やかに空域を離れ、集合場所へ移動することになる。

ただし藤吉機のみは、総隊長の役目として、ころあいを見て全飛行隊に攻撃中止を命令する仕事が残っている。

ここで連合水戦爆隊の爆弾を、すべて消費してはならない。

次の目標である敵丙一〜三部隊（三個戦艦部隊）にも、爆弾を残しておかねばならないからだ。

その見極めをするのも、藤吉の重要な任務となっていた。

「二番機、外しました！」

「あの野郎……」

一番槍を意識しすぎたのか、空母から爆弾が外れたらしい。

「三番機、命中！　飛行甲板中央やや後方。左舷よりへの命中です」

今度は当たったらしく、松島の声が一気に弾む。

「微妙な位置だな。もしかすると離着艦できるかもしれん……左方向へ旋回するぞ」

交戦空域を離れたため、敵部隊を周回しつつ監視できる位置へむかう。

藤吉は、そのための機体操作に入った。

二

八月三〇日午前九時三〇分　小笠原諸島南東海域

「……なぜだ！」

水戦爆の大群が飛来してきた時、スプルーアンスはそう叫んだ。

あの冷静沈着な『鉄仮面』が、なんと叫んだのだ。

思わず長官席から立ち上がり、立っているムーア参謀長の前まで歩く。

「なぜ日本海軍は、この波で……いや、水上機なら発艦は可能か。しかし着水は、どう考えても……そうか、あの手があったか」

優れた頭脳をもつスプルーアンスは、ほんの数秒で山本の策を見抜いた。

「あの手……ですか？」

ムーア参謀長が、ピンとこないらしく尋ねる。

「話はあとだ。こちらには直掩機がいないから、対空射撃でしのぐしかない。全艦、対空射撃を開始せよ！」

優先順位を間違えるスプルーアンスではない。

ムーアもすぐに気付き、命令を発しはじめる。


だが……。

「ヨークタウンに爆弾命中！」

「エンタープライズに爆弾命中！」

ほとんど同時に、目視報告が舞い込んできた。

「直掩がいないと、ここまで翻弄されるのか」

スプルーアンスが感情をあらわにしている。

いつもの彼なら、絶対に見せない態度だ。

なにもできないまま、虎の子の空母を失いつつある。

策士を自他ともに認めるスプルーアンスにとり、これほどの屈辱はない。

「輪形陣を崩し、空母直掩態勢をとりますか？」

現在は防空陣に指定されている単輪形陣で航行中だ。

駆逐艦一〇隻で輪形外縁を構成し、つぎに軽巡三隻で空母の三方を固める（本来は四隻で四方を固めるのだが、デンバーが台風被害で艦隊離脱したため三隻となっている)。

重巡二隻は輪形陣前方の護衛を務め、戦艦二隻は空母二隻の直前で守っている。

対空砲火による防御陣形としては最適なだけに、スプルーアンスも、もう少しは踏ん張れると思っていたようだ。

しかし、これらすべては、あくまで直掩機あっての布陣でしかなかった。

「エンタープライズに、さらに二発命中!」

「敵水上機は、空母のみを攻撃しています!」

スプルーアンスの乗る戦艦サウスダコタは、位置的に見ると空母二隻の前方にいる。

そのため艦橋から見ることはできない。

仕方なく海上監視員の報告に頼るしかないが、それがどうにももどかしい。

「それにしても……凄まじい数だ。たとえ水上機でも、これほど雲霞のごとく襲ってくれば、直掩機のいない艦隊は保たない」

スプルーアンスのいるサウスダコタには、清々しいほど一機も襲ってこない。

べらぼうな数……。

どう見ても五〇〇機以上はいる水上機の大群が、十数機から三〇機ほどの塊となって、順番に二隻の空母へ緩降下している。

「ヨークタウン、爆弾一〇発以上を受けて沈みます!」

『こちら通信室。ヨークタウン艦長から、総員退避の許可を求めてきました!」

「許可する。それにしても……水上機で正規空母が沈む。これは海軍の常識が吹き飛んだな」

淡々と語るスプルーアンス。

それはそれで、かなり恐い光景だ。

「エンタープライズ、艦が傾斜しています! 火災も発生中!!」

誰の目にも断末魔に見える。

「エンタープライズへ連絡。艦を捨てて総員退避せよ。これは長官命令だ」

ここで踏ん張っても結果は同じ。

冷静な目で見ているスプルーアンスは、無駄な期待などしなかった。

「敵機、空母からこちらへ目標を変更した模様！」

「戦艦は二番めか。まったく……日本軍の考えは特異すぎて理解できん」

「長官、司令塔へ入ってください」

思い出したように、ムーアが懇願する。

「そうだな。敵襲がいきなり過ぎて、すっかり失念していた」

「部隊司令部要員は、連絡要員を残して司令塔……」

ムーアがそこまで命じた時。

――ドガッ！

猛烈な衝撃がスプルーアンスに襲いかかった。

艦橋前部に爆弾が命中したらしい。

ふわりと身体が空中に浮く。

身体が飛んでいるあいだに、無数の対爆ガラスの破片が全身を突き抜けていく。

「ああ……」

これは、助からないな。

そう言おうとしたが言葉にならない。

スプルーアンスの身体が艦橋後部の壁に叩きつけられた時、すでに命の火はかき消えようとしていた。

「……長官負傷！　大至急、軍医を‼」

誰かが叫んでいる。

その声が、スプルーアンスの聞いた最後の声だった。

＊

午前一〇時六分。

「第17任務部隊の戦艦サウスダコタより入電！」

第16任務部隊の旗艦ノースカロライナ。

その艦内にある会議室で、フレッチャー中将は、二人の指揮官の前に座っていた。

フレッチャーが相手をしているのは、第18任務部隊司令官のトーマス・C・キンケイド少将。そして第20任務部隊司令官のフォレスト・P・シャーマン少将である。

会議の内容は、今夜にも接敵する可能性がある敵空母部隊を避け、どうやって日本本土へ接近するかというものだった。

フレッチャーがハルゼーから引きついだ任務は、第20任務部隊を無事にフィリピンへ向かわせることと、第16任務部隊と第18任務部隊の戦艦六隻を使って、日本本土へ一撃食らわせることだ。

そのさいに邪魔となる敵空母部隊は、ハルゼーが貸し出した二隻の直掩用軽空母で対処し、なかば強行突破するかたちで日本本土へ突進することになる。

これは『戦艦は航空機の爆撃では沈まない』という米海軍の常識と、『台風は徐々に北上し、やがては沖縄南方海上で進路を大きく北、そして最終的には北東へと変える。それに伴い、日本本土の南方海上は暴風圏内へ入るため、航空機の使用は極端に制限される』という予想があるためだ。

すでに台風の影響下での夜戦は、ハルゼー部隊が実施済み。

そのハルゼーが『可能』と判断したのだから、失態続きのフレッチャーは従うしかなかった。

艦内電話ブースで報告が入ったと大声を出した

通信参謀が、フレッチャーのところへやってきた。

「………」

だが、なかなか報告しない。

「どうした？」

怪訝そうに尋ねたフレッチャーだったが、まだ口を開かない。

そして次の瞬間。

通信参謀の目から涙がこぼれ落ちた。

「……!?」

異常を察したマイルズ・ブローニング参謀長が、ひったくるように連絡メモを奪う。

それを一読したブローニングまでが絶句する。

だが、流石に参謀長だけあって、すぐに我にかえった。

「……スプルーアンス中将が戦死なされました」

「な、なんだと!!」

知りうる限り、最悪の報告だった。


「さらに悪い報告があります。第17任務部隊の正規空母二隻が撃沈されました」

「………!!」

フレッチャーまでが卒倒する。

だが、無慈悲な報告は続く。

「第17任務部隊旗艦のサウスダコタは、第一砲塔前部に一発、艦橋前部と煙突付近に各一発、さらには左舷中央に二発、右舷後方に三発の二五〇キロ爆弾を受け、上部構造物を大きく破損、一部では火災も発生しているようです。

僚艦のインディアナも、第二砲塔に三発、艦橋左舷に一発、後部檣楼右舷に一発、後部カタパルト付近に二発を食らい、第二砲塔主砲二門が破損、後部中破により舵と推進軸一本を破損、速度が二二ノットまで落ちている模様です。

第17任務部隊の指揮は参謀長のカール・ムーア大佐が引き継ぎ、作戦続行は不可能と判断、これより残存艦はハワイへ帰投するとのことでした」

たしかに戦艦は沈んでいない。

だが袋叩きだ。

「太平洋で残っている空母は、我が部隊に配属された軽空母二隻と、あとでやってくる第18任務部隊へ配属予定の護衛空母四隻だけ……か」

軽空母にはF4Fが合計で九〇機。

護衛空母には、合計でF2Aバッファローが三〇機に、SBCヘルダイバー五四機。

「護衛空母のSBCが唯一の攻撃手段だが、あれは事もあろうに複葉機だぞ!?」

そう……。

現在、太平洋にいる米空母所属の艦爆は、なんと複葉機のみになってしまった。

本来なら護衛空母でも、SB2Aバッカニアや新鋭のSBDドーントレスを搭載できる。新鋭のF4Fも大丈夫だ。

しかし新型機は配備途中で開戦となってしまったため、正規空母や軽空母にしか配備されていなかった。

フレッチャーが受けとった二隻の軽空母は、ハワイにいるときはドーントレスが搭載されていた。なのに、わざわざ直掩用にするため降ろしてしまったのだ。

これでは、艦爆による戦果は期待できない。

つまり護衛空母がやってきても、精鋭の日本空母艦隊には太刀打ちできないのである。

「ハルゼー長官からの作戦中止命令は届いていません。ということは、現在も作戦は続行中です。こうなってしまったからには、我々だけでやり遂げるしかありません」

ブローニングは怒りに燃えている。

どうやら個人的にスプルーアンスを崇拝していたようだ。

なので今は、敵討ちの気持ちで一杯らしい。

「……となれば、ただちに第20任務部隊を分離しないと、チャンスを失ってしまうぞ」

フレッチャーとしては、手持ちの戦力をなるべく長く保持していたいと思っていた。

そこでフィリピン支援用の第20任務部隊を分離するのは、台風の影響をかいくぐった後にするつもりだったのだ。

これらの策を可能とするため、フレッチャー指揮下の三個部隊は、いったん進路を東へ、そしてしばらく進んだら今度は南へ、最終的には西へと進み、台風が過ぎ去ったあとのグアムへ舞いもどることになっている。

その時点で第20任務部隊を分離し、残る二個部隊は台風を追うようにして北上する。

敵の空母部隊は台風を避けるため、おそらく沖縄方面、もしくは日本本土の泊地へ退避するはずだ。

ならばフレッチャー指揮下の二個部隊は、台風が日本列島の南方海上……大東島近海で北東へ向かうのを待ち、その後はまっしぐらに、工業地帯が点在する東海地方をめざす。

さすがにハルゼーも、戦艦部隊で東京湾に殴り込みをかけるプランは却下したらしい。

ともかく日本本土に一撃を。

そのために選ばれたのが、日本の航空機産業が集中している名古屋の沿岸地域である。

夜間の闇に紛れて伊勢湾に入り、反時計回りに砲撃を仕掛けつつ移動する。

さすがに伊勢湾の最奥までは危なすぎて侵入できないから、主砲の最大射程付近で乱れ射ちするしかない。

測距もせずに斉射となるはずだから、もとから戦果は期待していない。

ようは『いつでも日本本土を攻撃できるんだぞ！』と、日本人を震え上がらせるのが主目的なのだ。

だから砲撃は短時間で終わらせ、あとはひたすら逃げる。

当然、朝になれば日本側も航空機で反撃してくるだろうし、時間がたては水上打撃艦も追撃してくるかもしれない。

最悪の場合、フレッチャーの持つ二隻の高速戦艦を優先するため、鈍速の第18任務部隊には殿軍を務めてもらうかもしれない……。

フレッチャーは、いまだに『生贄作戦』を諦めていなかった。

どのみち今回の空母二隻喪失という失点は、もはや拭うことはできない。ならば新たな戦果を上げねばならない。

それが日本本土砲撃なのだ。

大丈夫、戦艦は爆撃では沈まない。恐いのは魚雷だけだ。

だから、もっとも恐れるべきは、第一に高速を出せる駆逐部隊、第二に艦攻による雷撃である……。

もうフレッチャーの頭の中は、これで凝り固まっている。

スプルーアンスが命を失ってまで届けてくれた戦訓は、なんの役にも立っていない。

なにしろ『水上機による爆撃では、戦艦は沈まなかった』のだ。

しかも結果的に、五〇〇機以上もの水上機がやってきたというのに、戦艦の主砲塔は一基しか沈黙していない。

これは主砲塔の天蓋や前盾を、徹甲爆弾では貫けなかった証明ではないか。

そう思うのも当然である。

「そうですね。ともかく作戦を継続しましょう。このまま予定を消化していけば、五日後にはグアム東方海上へたどり着ける計算になります」

動揺が治まらないフレッチャーに、キンケイドが声をかけた。

たしかに五日後であれば、台風はグアムを通過している。かなりの遠回りになるものの、このまま日本へ突進するよりマシなプランだ。

キンケイドに続き、シャーマンも着席したまま声を上げる。

「言葉は悪いのですが、第17任務部隊が敵の水上爆撃機を引きつけてくれたおかげで、我々に反転する機会を与えてくれたようなものです。

ですから、この機会を生かすことこそが、いまの我々に科せられた義務ではないかと思います」

まずは態勢を整える。

そこからが反撃だ。

キンケイドとシャーマンの目が、そう物語っている。

指揮下にある二個の戦艦部隊。

その司令官がそろって進言した以上、一度失敗しているフレッチャーとしては同意するしかなかった。

「……そうだな。ハルゼー長官の命令には期限が切られていない。焦って被害を拡大するより、ここはじっくり好機を狙うべきだろう。

わかった。作戦を一部変更して、まずは台風を迂回してグアムへ戻ろう。今度は我々が、台風を隠れ蓑にして逃れる番だ」

希望を感じたのか、ようやくフレッチャーの顔から悲壮感が薄れはじめた。

だが……。

午前一〇時四八分。

会議室にいる全員の願いを断ちきるように、悲鳴のような報告が入ってきた。

三

三〇日午前一〇時五〇分　小笠原諸島東方海域

『後方警戒中の軽巡アトランタより入電、大至急です！』

会議室にある緊急通達用のスピーカーから、通信室長の叫び声が聞こえてきた。

何事かと全員が騒然となる。

すぐに通信参謀が会議室の電話に飛びつき、通信室へ連絡しはじめた。

「……なんだと！」

通信参謀が、会話の途中で顔を上げる。

すぐにフレッチャーに向けて大声を発した。

「本艦隊の東方二二キロ、上空一〇〇〇メートルに航空機の大集団です！」

反射的にフレッチャーは立ちあがった。

そこにブローニング参謀長の声が響く。

「司令長官と作戦司令部要員は、ただちに司令塔へ。キンケイド司令官とシャーマン司令官のお二人は、指揮下にある部隊へもどる時間がありません。ですので司令室へご同行願います！」

幸いにも司令塔は、会議室から一階上がった直上にある。

すぐに動けば、まだ間に合いそうだ。

そう考えたらしいブローニングが、咄嗟の判断で出した要請だった。

「……あ、ああ、わかった」

フレッチャーの、動揺しながらも返した一言。

それを同意と見なしたブローニングが、大声で伝達する。

「ただちに移動してください。長官命令です!!」

命令されれば動くのが軍人というもの。

誰もが考えるより先に身体が動く。

全員が、一斉に会議室の扉へと走った。


「状況は！」

司令塔に飛びこんだブローニングは、そこに待機していたノースカロライナの副長を目にすると、間髪おかずに質問した。

「作戦司令部が会議室に移動していましたので、現在の作戦艦隊指揮は、第18任務部隊のデービス参謀長に委任されています。

そのデービス長官代理より、すでに対空戦闘の開始命令が出ていますので、指揮下にある全部隊が、現在の陣形のまま対空戦闘を実施しはじめています」

状況を把握したブローニングが、遅れて司令塔に入った通信参謀に命令する。


「作戦艦隊の指揮権をフレッチャー長官へもどす。ただちにデービス参謀長へ通達せよ」

「了解！」

一刻を争う事態のため、誰もが会議中と違い、見違えるように動いている。

その中でフレッチャーだけが、まだ夢の中のような表情をしていた。

「しっかりしてください、長官！　飛んできたのは、おそらくスプルーアンス部隊を襲った水上機集団です。帰路の途中ですので、もしかすると素通りするかもしれませんが……楽観は禁物ですので、爆撃される大前提で動いてください!!」

「次は我々が殺られるのか？」

「馬鹿言わないでください！　スプルーアンス部隊の戦艦で沈んだ艦はありません。沈んだのは空母のみです。戦艦は爆弾では沈みません！」

「……ああ、そうだな。そういえば我が部隊には、ハルゼー長官から預かった軽空母が二隻あったな。早く退避させないと殺られるぞ」

マイナス思考に陥ったフレッチャー。

何をするにも悪いほうへと考えてしまう。

そのため口から出る言葉も不吉なことばかりだ。

これは駄目だと感じたらしいブローニングは、キンケイドとシャーマンに向かって嘆願しはじめた。

「第16任務部隊は長官と私がきちんと指揮しますので、お二人は御面倒かとは存じますが、そこにある電話を使って、通信室を通じて指揮下の部隊へ命令を伝えてください」

「わかった。では、キンケイド司令官からどうぞ」

同じ任務部隊司令官でも、シャーマンよりキンケイドのほうが先任。

そのためシャーマンは電話を譲った。

「すまん、では」

二人が動きはじめたのを見たブローニングは、フレッチャーに声をかけた。

「長官。これから二隻の軽空母を退避させる時間はありません。ですので戦艦群の直衛についている軽巡クリーブランドとコロンビアを、それぞれの軽空母の直衛として付けたいのですが、宜しいですね？」

ほとんど強制に近い口振り。

だが、そうでもしないと、フレッチャーには伝わらない。

「ああ、任せる」

進言が受諾されたと見るや、ブローニングは司令塔にある別の電話に飛びつく。

「発光信号所を呼び出せ！」

通信室は、二人の司令官による命令伝達で手一杯のはず。

となれば他の艦に命令を伝える最速の手段は発

光信号だ。

　まだブローニングの判断は、的確さを保っているようだった。

　だが、すべては手遅れ。

　別の電話が鳴った。

「後部檣楼監視所より連絡！」

　司令塔付きの連絡士官が電話を受けて叫ぶ。

「緊急時につき発言に許可はいらん！　すぐ報告しろ!!」

　ブローニングがすぐに取り仕切る。

　もうフレッチャーを立てるための演技すらしていない。

「はっ！　戦艦群の後方に位置している二隻の軽空母に対し、敵の水上機が爆撃中との目視報告が入りました。現在、インデペンデンスに命中弾が出ている模様です!!」

「うぐ……」

　守りきれなかった。

　そうブローニングの顔に書いてある。

　――ドガッ！

　かなり鋭利な轟音がした。

　床が跳ねるような振動が続く。

　これは近い場所に着弾した証拠だ。

「爆弾が命中したぞ！」

　誰かが叫んだ。

「被害確認！」

　参謀の誰かが大声で命令している。

　自分の乗る戦艦が標的にされたと知り、司令塔内は一気に殺気だってきた。

*

　ほぼ同時刻、第一航空艦隊旗艦・極大空母大和の艦橋。

『水戦爆隊より入電。我、敵戦艦部隊を発見。ただちに爆撃に入る。以上です』

不謹慎なようだが、勝ち戦は楽しい。

いま聞こえてきた通信室からのスピーカー報告も、どことなく弾んでいる。

「作戦が見事に当たりましたね」

言葉とは裏腹に、宇垣参謀長の表情に変化はない。

そういう男なのだから仕方がないが、少しは喜怒哀楽を顔に出せと、山本は視線だけで忠告する。

「当然だ。航空攻撃は、目標が明確であればあるほど、爆弾の無駄遣いが減る。水戦爆のは二五〇キロ徹甲爆弾だから、空母はともかく、戦艦の水平装甲を一発で貫けるほどではない。

だからいい加減な命令をすれば、無駄に爆弾を消費してしまう。そうなれば第二目標にした敵戦艦部隊に落とす爆弾が足りなくなる。

まあ、六七二機も出したのだから、六〇〇発以上の爆弾がある勘定になるな？　これだけあれば、第一目標で正規空母二隻を沈め、二隻の高速戦艦に中破程度の被害を与えた後でも、第二目標の戦艦一隻に一〇発程度は当てられるだろう」

第二目標となったフレッチャー指揮下の部隊群。そこには合計で一〇隻の戦艦が所属している。

すでに一〇〇発から一五〇発の爆弾が消費されたと思われるから、残りは四〇〇発。

単純計算だと一隻につき四〇発！

そう考えると、山本の見込みは過小評価すぎるように思えるほどだ。

当然のように、宇垣がなにか言おうとした。

その時、またスピーカーが声を吐きだす。

『水戦爆隊より入電！　敵艦隊に小型空母二隻が随伴中。全機、空母に攻撃を集中する。以上です!!』

「まだ空母がいたのか!?」

山本にとって、これは予想外だった。

超大型戦艦部隊は、被害を受けてミッドウェイ方面へ逃れた。

あの戦艦は、まだ艦影表にも乗っていない最新型だった。

ならば米海軍の常識からすると、護衛のための空母を最優先で随伴させるはず。

だから山本も、あの部隊には軽空母が一隻か二隻いると考えていた。

その部隊が敗走したのだから、いるはずの軽空母もミッドウェイ方面へ去ったと思っていたのだ。

となると第二目標となった戦艦部隊にいる軽空母は、また別の空母の可能性もある。

「……いや、違うな」

「はい？」

山本の独り言を聞いた宇垣が、何事かと声を返す。

「いや、なんでもない。たしか開戦前の米海軍情報では、米海軍には護衛空母という名の低速小型空母が六隻ほどと、軽空母に分類される高速小型空母が二隻いたはずだな？」

「はい、その通りです。まだ建艦中のものもあるとの情報もありましたので、現在はどれくらいの数になっているかは不明ですが……。

少なくとも開戦間もない現在、実戦配備されている空母は、長官のおっしゃる通りだと判断します」

「となれば、第二目標にいる軽空母は、逃げていった超大型戦艦部隊に随伴していた軽空母と見て間違いなさそうだな。

ということは、これは好都合だ。太平洋の敵正規空母は、すでに存在しない。それに加えて、二隻しかいない軽空母まで一網打尽にできる。これは好機だ」

予想外のことではあるが、それは嬉しい誤算。

完全に日本側へ『ツキ』が回っている。

非科学的なようだが、時として『ツキと呼ばれる幸運』は、こと戦闘においてはかなりのウエイトを占める。

このことは、古今東西の戦史を見れば一目瞭然だ。

そのツキはいま、山本にとり憑いていた。

「最後の駄目押し策は、いまどうなっている？」

悪戯小僧の目をした山本が、楽しそうに宇垣へ質問した。

それを宇垣が、面白くもないといった顔で返す。

「御命令通り、相模湾で訓練中の第三航空艦隊に対し、昨日朝の段階で出撃命令を出しました。現在は小笠原諸島北東四〇〇キロ地点で待機中です」

「当然、出撃可能だな？」

「当初から台風の影響を避けられる海域を選定してありますので、その点は大丈夫です」

「ならば演習ついでだ。全力で敵戦艦部隊を掃討せよと命令する。ただちに伝えよ」

「了解しました」

山本の駄目押し。

それは、まだ実戦には早いとして相模湾で訓練中だった第三航空艦隊を、敵戦艦部隊に対する第二次航空攻撃に使うというものだ。

たとえ第一／第二航空艦隊が高波で艦上機を運用できなくとも、波がまだ静かな海域に移動させた第三航空艦隊なら可能。

第三航空艦隊には、最新鋭となる四隻の翔鶴型空母『大鶴／天鶴／翔鶴／瑞鶴』がいる。各艦八四機を搭載できる、堂々たる中型正規空母だ。

山本はいま、『全力で』と命じた。

ということは、直掩機を除く全機を出撃させる『全力出撃』を意味している。

総数二八〇機に達する最新鋭の艦上機部隊。

これは文字通り、世界最強の空母攻撃隊である。

艦戦は全機、一式艦上戦闘機『疾風』。零式艦上爆撃機『極星』には五〇〇キロ徹甲爆弾が搭載できる。

そして敵戦艦にトドメを刺す零式艦上攻撃機『雷山』には、これまた新型の一式八〇〇キロ航空魚雷が搭載されている。

彼らは水戦爆隊六七二機の半数以下ながら、戦力としては同等だ。

まさに山本構想を具現化したような代物だった。

＊

最終結果……。


フレッチャー指揮下の三個任務部隊は、彼らの予想を遥かに越える大打撃を受けた。

そして、当初予定していた全作戦を諦め、大いなる失望とともにハワイへと帰投していった。

ただしこれは、水戦爆隊だけの戦果ではない。

水戦爆隊は軽空母二隻を撃沈したものの、戦艦群に対しては、中破以上の被害は与えられなかった。

この状況であれば、米艦隊は散々な目にあったものの、なんとか艦隊構成を維持したままハワイへ戻れただろう。

ハワイに帰れば修復できる。そうなれば再出撃も可能となり、いずれ反撃の機会も訪れる。

だが、力尽きた彼らの前に立ちふさがったのは、第三航空艦隊の艦上機部隊だった。

英東洋艦隊に対しては、実力を隠蔽するため、あえて戦果を矮小化した艦上機部隊。

その鬱憤を晴らすかのように大暴れしたのである。

ただし……。

彼らはまだ、演習中のひよっ子部隊でしかない。

したがって、二八〇機で襲いかかったにしては、山本がこっそり不満を漏らす程度の戦果しか上げられなかった。

それでも、戦艦一〇隻のうち六隻を撃沈したのだ。

戦艦ワシントン／メリーランド／テネシー／カルフォルニア／ペンシルバニア／アリゾナ……これらが海の藻屑と化した。

残る四隻も、すべて大破判定。勢い余って、重巡ノーザンプトンと軽巡デトロイトも撃沈。

他の艦の仔細確認はできていないが、無傷で残ったのは駆逐艦数隻のみだったらしい。

まさに羊の皮を脱ぎ捨てた、これが日本海軍航空隊の実力であった。

四

三〇日午後　小笠原諸島東方海域

一二時四四分。

「第一戦空艦隊所属の水戦爆隊より順次、着水態勢に入ります！」

史上初の大規模爆撃を成功させた水戦爆隊が、ようやく戻ってきた。

報告する航空参謀も、ようやく肩の荷が降りたような表情をしている。

現在、機動連合艦隊所属の各艦は、艦隊の枠を越えて、『着水陣形五型』と呼ばれる特殊な陣形で行動中だ。

大和などの正規空母や戦艦を多数もちいて、海面に巨大な円を描く。

これによって内側海面の波が安定化することを、『航跡波』現象という。

大型艦を輪形機動させることによって、円の内側の波を航跡波で打ち消し平穏化させられる。これが『航跡波』現象である。

まさに水上機のためにあるような艦隊技法だ。

輪形機動の外側は、いまも平均四・二メートルの大波が荒れ狂っている。

水上機である水戦爆は、出撃する時はカタパルトのおかげで大丈夫だった。

しかし、着水しなければ帰投は完了しない。

そこで山本の秘策である輪形機動が必要になったというわけだ。

ただし、この秘策を完成させるには時間が必要になる。

第一戦空艦隊の戦艦二隻と、第一／第二航空艦隊所属の正規空母七隻を用いての輪形機動。これによる陣内消波を実行するためには、最低でも四周する必要がある。

現在の輪形機動は、なんと直径三キロに達している。

つねに舵を傾けての航行になるため、二五ノット以上は出せない。現在は波の程度が酷いため、安全を確保できる二〇ノットで行なわれている。

外周九キロの円を二〇ノットで一周するのに一五分。一時間で四周しかできない。

あまり時間をかけていては着水のタイミングを逸する。

そこで最大四週しても波を静められなければ、その時に改めて着水の可否を判断することになっていた（あくまで中止ではなく、周回数の追加となる）。

結果は……無事に波を沈静化することに成功し

た。

それにしても、直径三キロは巨大だ。

なにしろ水戦爆隊を収容する艦群を、前もって輪形機動の内部に入れておかねばならない。

母艦となる重巡以下の艦は、消波された内部の所定位置で停止している。

そこでクレーンを用いて艦上へ収容して初めて、水戦爆隊の任務は終了する。

これは空母に着艦収容できる艦上機に比べれば、比較にならないほど時間と手間がかかる作業だ。

そのため水戦爆を全面採用する時、論争に発展したほどの弱点である。

しかし、『水戦爆隊が帰還する時点で脅威を払拭できれば』という条件さえ達成できれば、この悠長な収容作業も意味が出てくる。

今回はさらに輪形機動というオマケまでついたため、弱点の大盤振舞いとなってしまったが、平穏な海上であれば、たんに着水するだけで良い。

着水と収容だけなら、さほど時間は必要ない。

しかも着水した水戦爆は、そのまま浮かしておくこともできる。

一刻も早く母艦に戻りたい水戦爆隊には悪いが、周辺の安全が確保できていない場合の着水は、『基本的に放置』なのだ。

まずは艦隊の安全を確保したのち、ゆっくりと収容する。

それが可能なのが水戦爆の運用であり、艦上機部隊と状況にあわせて使い分けすれば、デメリットよりメリットのほうが大きくなる。

そう帝国海軍で結論が出たのである。

また……。

着水陣形とは、水戦爆が着水後に滑走するさい、どのような隊列を組むかで一型から五型まで区分したものだ。

五型はもっとも荒れた海を想定したもので、水戦爆は何本かの直線で示される着水ラインに沿って、次々と舞い降りてくる。

その先に母艦が待機しているため、このラインを守らないと衝突事故を巻き起こす。

これが最も凪いでいる海面への着水となる一型では、各戦隊ごとに集合した水戦爆が逆放射状に着水していくタイプとなる。

凪いでいれば母艦ごとのラインではなく、扇のかなめ位置に母艦集団を集めることができるからだ。

今回は全機が同じ方角へ平行した着水ラインを描いて着水する五型が、もっとも安全と判断して実行に移されたのである。

「現在の最大波高、二・一メートルです」

航空参謀のもとへ、航空参謀直属の水面監視員が報告にやってきた。

航空参謀が最終的な判断を山本へ願い出る。

「着水許可を願います」

「可能か？」

微妙に波が既定値からオーバーしている。

いかに消波したとはいえ、完全に消せるわけではない。

実際には『軽減した』というのが正しいのだ。

その軽減した結果が二・一メートル。

着水規定の二メートルをわずかに越えている。

それを危惧した山本だった。

「多少の危険はともないますが、過去の訓練でも経験した高さですので着水可能と判断します」

訓練では、なんと波高五メートルでの着水にチャレンジしたこともある。

ただしその時は一二機で挑み、二機が離水に失敗して転覆。幸いにも乗員は軽い怪我で済んだが、水戦爆二機が破壊・喪失となった。

貴重なデータを得るためとはいえ、あまりの被害に驚き、それ以上のチャレンジは行なわれていない。

それよりは低い波とはいえ、規定外には違いない。

返答する航空参謀も緊張した面持ちになっていた。

「着水を許可する。いま以上の好機はない！」

すべての責任は、出撃を命じた自分にある。

山本の声は、誰の耳にもそう聞こえた。

＊

波高二・一メートル。

それは着水してくる水戦爆にとり、目の前に一階天井に達するほどの波が立ちはだかっている状況を意味している。

ただし航跡波による消波行動で、波長の短い波ほど消し去ることができる。

そのため、たとえ二・一メートルの波であっても、波長が二〇メートル以上あれば、ほぼ坂を登ったり降りたりする感じにしかならない。

それでも着水直後は注意が必要だ。

空中にいる時は、完全に直線として飛んでいる。

しかし着水した途端、二・一メートルの波乗り状態となる。

こればかりは運に任せるしかなく、航空参謀が『多少の危険』といった状況が生まれる原因となるのだ。

案の定……。

次々に報告が舞い込み始めた。

「天型駆逐艦所属の水戦爆、二機が波に突っ込みました！」

「第四水雷戦隊所属の水戦爆、四機が着水失敗！」

届いたのは速報となる第一報のため、詳しい被害はわからない。

それでも異常なほどの水戦爆が着水に失敗していることだけは明らかだ。

「多いな……」

思わず山本も声を漏らす。

「日本海での限界試験時より波は低いので、あの時よりは被害数も少ないと思います。しかし、中には対空砲火などで被害を受けている機もあるでしょうし、途中で発動機に不調を来した機もいるでしょう。これは仕方がないことです」

航空参謀が慌てて弁明するが、まるで慰めになっていない。

『第四戦空艦隊より入電！　改装母艦三隻より出撃した水戦爆のうち、八機が着水失敗！』

第一航空艦隊以外からも報告が入りはじめた。


これらは通信室がまとめて報告する関係から、すべてスピーカーによる艦橋通達となっている。

最終的に……。

出撃総数六七二機のうち、機体損壊かつエンジン故障六機／エンジン単体故障一六機／機体単体破損三八機（うち機体喪失七機）／乗員戦死一二名／乗員負傷二四名という、前代未聞の被害を出してしまった。

ただしこれらには、爆撃時の敵銃砲撃被害も含まれている。

純粋な着水時の被害は、機体損傷二六機（うち喪失四機）、戦死四名、負傷一六名となっている。

しかしそれでもなお、六〇〇機以上が母艦へもどることが出来たのである。

かくして……。

水戦爆隊の活躍により、日本は未曾有の危機を逃れることができた。

今回の海戦は大型台風の襲来というアクシデントに見舞われた結果、日本海軍が主戦力と定める航空艦隊の出番は、最後の一撃のみに留まった。

そう、一撃のみ。

第三航空艦隊による一撃で、あれほど水戦爆隊が苦労しても沈められなかった米戦艦が、いとも簡単に撃沈されたのだ。

これは米任務部隊がハワイへと戻り、被害状況が徐々に判明するに至り、連合国の海軍すべてに深刻なダメージを与えはじめている。

とくに衝撃を受けたのは、主戦力を戦艦に一本化し、空母戦力は最小限に留める方針を貫いてきた英国である。

おそらく、これから慌てて空母建造計画を策定するだろうが、それが完成するのがいつになるか見通しすらたっていない。

まだマシなのは合衆国だ。

英蘭仏豪四ヵ国と日本が始めた東亜戦争において、合衆国政府は遠からぬ未来に米日戦争は不可避として、すぐさま海軍大増強策を実施に移している。

そして先にモンタナ級巨大戦艦が四隻完成しているため、戦艦は残り二隻のモンタナ級に留め、その後はアラスカ級巡洋戦艦（分類上は拡大重巡だが）四隻を建艦する一方、軸足を空母建艦に向けはじめていた。

それが幸いし、まもなくエセックス級一番艦と二番艦が同時に完成する。

その後は、なんと二ヵ月に一隻ずつ完成していくというから、さすが、ずば抜けた国力を有する合衆国である。

しかしそれらは、すぐに実戦配備されるわけではない。

どうしても完成から配備までは、最低でも三ヵ月（通常は六ヵ月）のタイムラグが生じる。

今回の海戦で合衆国海軍は、七隻ある正規空母のうち四隻を失った。

残る三隻は大西洋艦隊に所属しているため、すべてを太平洋艦隊へ回すことはできない。最低でも二隻は大西洋に残す必要があるため、当面は一隻のみをパナマ経由で移動させることになるはずだ。

あとは先行して大量建艦が始まる護衛空母でごまかしつつ、エセックス級が実戦配備につく今年末を待つしかない。

実際問題として、米太平洋艦隊は今年末まで半身不随の状態だ。

とても日本へ積極侵攻する戦力はなく、わずかに残った戦艦も、南太平洋の防衛に割く必要があり、真珠湾に置いておける戦艦数はさらに減ってしまうだろう。

だから……。

いま合衆国の軍上層部と政府は予想外の結果に恐怖し、どう守りを固めるかしか考えられなくなった。

その端的な現われが、九月一日に公布された大統領命令である。

今回の大敗北を重く見た合衆国政府は、日本の戦力を過小評価して大被害を生じさせたとして、米太平洋艦隊司令長官のキンメル大将を更迭、不名誉除隊扱いにしたのだ。

後釜としてチェスター・ニミッツ大将が司令長官へ任じられ、これから太平洋艦隊はニミッツの指揮のもと、被害を受けた艦隊の再建に邁進することになった。

そのニミッツの目に止まったのが、サイパン北方にて日本の航空艦隊を攻撃したフレッチャーとスプルーアンスの航空隊が残した交戦記録だ。

交戦記録には、こう書かれている。

『信じられないほど巨大な空母が一隻いた。その空母は五〇〇ポンド徹甲爆弾を飛行甲板に命中させたにも関わらず、その爆弾を弾きかえしてしまった。結果は無傷。これは複数のパイロットが確認しているため、けっして誤報ではない……』

米海軍で最大の艦だったレキシントン級ですら、その巨大空母に比べれば軽空母に見えたという。レキシントン級の全長は二七〇メートル。対する大空母大和は三三〇メートル。じつに六〇メートルも長い。全幅もレキシントン級は三九・七メートルに対し、大和は四八メートルと圧倒している。

米戦艦部隊は、中型空母四隻で構成される第三航空艦隊によって致命傷に近いダメージを受けた。

ただし合衆国海軍は、相手が第三航空艦隊であることを、まだ知らない。

極大空母大和を筆頭とする第一航空艦隊、大型正規空母『赤城／天城／加賀／愛宕』の四隻で構成される第二航空艦隊の威力を、まだ連合軍は身を持って経験していない。

しかも日本の空母最優先思想は、さらなる新造空母を産み出そうとしている。

まず今年末までに翔鶴型五番艦『蒼鶴（そうかく）』が、来年春に『紅鶴（こうかく）』の二隻が戦列に加わる。翔鶴型はこれで完了となるが、来年夏には最新鋭の大型簡易装甲空母『越後』型が完成しはじめる。

越後型は六隻が予定されていて、もし既存の大型空母（大和を除く）が全滅しても、それを補完できるよう計画された。

また、広大な太平洋の支配地域を守る守備戦力として、軽空母艦隊の編成が予定されている。

これらは既存の軽空母にくわえ、新規に『天（てん）

燕』型一二隻が建艦中／予定となっており、正規空母で構成される『ナンバーズ航空艦隊』が主作戦で手一杯になっても、余裕で他方面へ航空戦力を提供することだろう。

それらすべての頂点に立つのが、すべてにおいて世界最強となる大空母『大和』なのである。

突如として宣戦布告されて始まった太平洋戦争。しかし連合国の予想に大きく反し、大日本帝国海軍の大勝利で初金星を飾った。

対する合衆国は、一〇倍近くある国力にものを言わせ、しばらく堪え忍ぶものの、いずれ強大な牙を剝いてくる。

日本は圧倒的な空母戦力を軸に、この戦争をどう終わらせるつもりなのであろうか。

それはまだ、渾沌の闇に隠されたままである。

第二巻に続く

艦隊編成（第1巻）

機動連合艦隊

A、航空打撃艦隊

1、第一戦空艦隊（古賀峯一大将）
　※田中頼三参謀長（少将）

航空戦艦　長門／陸奥（艦上機三六×2）
　軽空母　龍驤／鳳翔（艦上機四〇×2）
航空重巡　妙高／那智／足利／羽黒（水戦爆二〇×4）
航空軽巡　川内（水戦爆一六×2）
　　　　　大井／北上（水戦爆一四×2）
対空航空駆逐艦　秋月／照月／涼月／初月（水戦爆四×4）
水雷航空駆逐艦　第一水雷戦隊
　　第一水雷隊　不知火／黒潮／親潮／早潮（水戦爆四×4）
　　第二水雷隊　夏潮／初風／雪風／天津風（水戦爆四×4）
対潜航空駆逐艦　第一駆逐戦隊
　　第一駆逐隊　朧／曙／漣／潮（水戦爆四×4）
　　第二駆逐隊　灘型　〇一～〇五（水戦爆六×5）
　　第三駆逐隊　灘型　〇六～一〇（水戦爆六×5）

2、第二戦空艦隊（近藤信竹大将）
　※中村俊久参謀長（少将）

航空戦艦　伊勢／日向（艦上機二四×2）
　軽空母　祥鳳／瑞鳳（艦上機四〇×2）

航空重巡　高雄／愛宕／摩耶／鳥海（水戦爆二〇×4）
航空軽巡　川内／神通（水戦爆一六×2）
対空航空駆逐艦　新月／若月／霜月／冬月（水戦爆四×4）
水雷航空駆逐艦　第二水雷戦隊
第三水雷隊　巻雲／風雲／長波／巻波（水戦爆四×4）
第四水雷隊　高波／清波／玉波／涼波（水戦爆四×4）
対潜航空駆逐艦　第二駆逐戦隊
第三駆逐隊　敷波／朝霧／夕霧／天霧（水戦爆四×4）
第四駆逐隊　灘型　一一〜一五（水戦爆六×5）
第五駆逐隊　灘型　一六〜二〇（水戦爆六×5）

3、第三戦空艦隊（高須四郎大将）
※橋本信太郎参謀長（少将）
航空戦艦　扶桑／山城（艦上機二四×2）
軽空母　龍鳳（艦上機四〇）
神鷹（艦上機四六）
航空重巡　最上／三隈／鈴谷／熊野（水戦爆二〇×4）
航空軽巡　天龍／龍田（水戦爆一〇×2）
対空航空駆逐艦　春月／宵月／夏月／花月（水戦爆四×4）
水雷航空駆逐艦　第三水雷戦隊
第五水雷隊　岸波／朝霜／早霜／秋霜（水戦爆四×4）
対潜航空駆逐艦　第三駆逐戦隊
第六駆逐隊　灘型　二〇〜二五（水戦爆六×5）

4、第四戦空艦隊（南雲忠一中将）
　※八代佑吉参謀長（少将）
航空重巡　利根／青葉／衣笠／古鷹／加古（水戦爆
　　二〇×5）
改装母艦　千代田／千歳／日進（水戦爆三六×3）
直衛駆逐艦　護型　一三／一四／一五／一六／一七／
　　一八／一九／二〇（水戦爆二×8）

5、第五戦空艦隊（市丸利之助少将）
　※藤間良 参謀長（大佐）
改装母艦　春日／出雲／磐手（水戦爆三六×3）
航空軽巡　矢部／菱田（水戦爆一〇×2）
直衛駆逐艦　護型　一三／一四／一五／一六／一七／
　　一八／一九／二〇（水戦爆二×8）

6、マリアナ方面輸送艦隊（岩村清一少将）
兵員輸送船　六隻
大型輸送船　二隻
中型輸送船　六隻
小型貨物船　二〇隻
　工作艦　明石／平戸
中型タンカー　二隻
小型タンカー　八隻
甲種海防艦　八隻

B、空母艦隊

1、第一航空艦隊（山本五十六大将直率）
　※宇垣纏参謀長（少将）
　大空母　大和（艦上機一四四）
改装空母　金剛／比叡／榛名※／霧島（艦上機八〇×
　　4）

航空軽巡　夕張（ゆうばり）／筑後（ちくご）（水戦爆一二×2）
　木曽／五十鈴（いすず）（水戦爆一六×2）
対空航空駆逐艦　天型　〇一〜〇五（水戦爆六×5）
水雷航空駆逐艦　第四水雷戦隊
　第七水雷隊　鯱型　〇一〜〇四
　（水戦爆六×4）
　第八水雷隊　鯱型　〇五〜一〇
　（水戦爆六×4）
対潜航空駆逐艦　第四駆逐戦隊
　第九駆逐隊　灘型　〇一〜〇四
　（水戦爆六×4）
　第一〇駆逐隊　灘型　〇五〜一〇
　（水戦爆六×5）

2、第二航空艦隊（井上成美大将）
※桑原虎雄（くわばらとらお）参謀長（少将）

改装空母　赤城／天城／加賀／愛宕（艦上機九五×4）
航空軽巡　球磨／多摩（たま）／神通／那珂（水戦爆一六×4）
対空航空駆逐艦　天型　一〇〜一五（水戦爆六×5）
水雷航空駆逐艦　第五水雷戦隊
　第九水雷隊　鯱型　一一〜一四（水戦爆六×4）
　第一〇水雷隊　鯱型　一六〜二〇
　（水戦爆六×4）
対潜航空駆逐艦　第五駆逐戦隊
　第一一駆逐隊　白雲／磯波／浦波／綾波（水戦爆四×4）
　第一二駆逐隊　灘型　一六〜二〇
　（水戦爆六×5）

3、第三航空艦隊（小沢治三郎（おざわじさぶろう）中将）
※吉良俊一（きらしゅんいち）参謀長（少将）

正規空母　大鶴／天鶴／翔鶴／瑞鶴（艦上機八四×4）
航空軽巡　長良／名取／由良／鬼怒（水戦爆一四×4）
対空航空駆逐艦　天型　一六～二〇（水戦爆六×5）
水雷航空駆逐艦　第六水雷戦隊
　第一一水雷隊　時津風／清霜（水戦爆四×2）
　第一二水雷隊　藤波／早波／濱波／沖波（水戦爆四×4）
対潜航空駆逐艦　第六駆逐戦隊
　第一三駆逐隊　灘型　一一～一五（水戦爆六×4）
　第一四駆逐隊　護型　〇一～〇四（水戦爆二×4）

4、第四航空艦隊（山口多聞少将）
　※澄川道男参謀長（大佐）

改装空母　隼鷹／飛鷹（艦上機六八×2）
軽空母　海鷹／大鷹／雲鷹／沖鷹（艦上機四六×4）
直衛駆逐艦　護型　〇五／〇六／〇七／〇八／〇九／一〇／一一／一二（水戦爆二×8）

合衆国艦隊

グアム派遣艦隊

A、第16任務部隊（F・J・フレッチャー中将）

※参謀長　マイルズ・ブローニング大佐
戦艦　ノースカロライナ／ワシントン
正規空母　レキシントン／サラトガ
重巡　ニューオリンズ／アストリア
軽巡　クリーブランド／コロンビア

　アトランタ／ジュノー
駆逐艦　一〇隻
第八駆逐群
　軽巡　オマハ
駆逐艦　八隻

B、第17任務部隊（レイモンド・A・スプルーアンス中将）

※参謀長　カール・ムーア大佐
　戦艦　サウスダコタ／インディアナ
正規空母　ヨークタウン／エンタープライズ
　重巡　クインシー／ビンセンス
　軽巡　モントピーリア／デンバー
　　サンディエゴ／サンファン
駆逐艦　一〇隻

第一〇駆逐群
　軽巡　ミルウォーキー
駆逐艦　八隻

太平洋艦隊

A、第4任務部隊（ウイリアム・ハルゼー中将）

※参謀長　ロバート・B・カーニー大佐
　戦艦　モンタナ／オハイオ
　　マサチューセッツ／アラバマ
軽空母　インデペンデンス／プリンストン
　重巡　ミネアポリス／タスカルーザ
　　ポートランド／インディアナポリス
　軽巡　ブルックリン／フィラデルフィア／サバンナ／ナッシュビル

駆逐艦　一二隻

第一二駆逐群

軽巡　シンシナティ

駆逐艦　八隻

B、第18任務部隊（トーマス・C・キンケイド少将）

※参謀長　アーサー・C・デービス大佐

戦艦　コロラド／メリーランド

テネシー／カルフォルニア

重巡　ノーザンプトン

軽巡　フェニックス／デトロイト

駆逐艦　一〇隻

第一四駆逐群

軽巡　ラーレイ

駆逐艦　八隻

C、第20任務部隊（フォレスト・P・シャーマン少将）

※参謀長　ウォルデン・L・エインワース大佐

戦艦　ニューメキシコ／ミシピッピ

ペンシルバニア／アリゾナ

重巡　ペンサコラ

軽巡　フェニックス／デトロイト

駆逐艦　一〇隻

第一六駆逐群

軽巡　マーブルヘッド

駆逐艦　八隻

D、ハワイ留守艦隊（チェスター・ニミッツ大将）

※艦隊と名はついているが、実質的には真珠湾駐留艦の集まり。

戦艦　アイダホ／ネバダ／オクラホマ／テキサス
護衛空母　ボーク／カード／コパヒー／コア
重巡　ペンサコラ／ソルトレイククシティ
軽巡　コンコード／トレントン
駆逐艦　一〇隻

日本海軍艦船諸元

極大空母『大和』

※山本構想に基づき戦艦大和は設計途中から極大空母（象徴名）として改装された。
※本来は大和型空母二隻の予定だったが、二番艦武蔵は建艦開始前に中止された。
※艦体切断しての全長延長を断行。合成風力を必要とせずに離着艦が可能な飛行甲板を可能とした。
※武蔵に使用するための建材や人員・予算は、新造空母や既存戦艦・巡洋艦の改装用に回された。
※改装空母『加賀』型と同型の缶室および機関に変更後、さらに缶室四基追加、缶内圧力の増大、大型バルジ内に設置された八基の新型ディーゼルエンジン（副機）により最高出力が二〇万八〇〇〇馬力に向上。最大速度三二ノット、最大巡航速度三〇ノットを達成した。
※バルジ内エンジン追加にともない、既存の四軸に二軸が追加され、合計六軸推進となった。
※二基のディーゼルエンジンは独立した推進機関のため、それのみでの経済運行が可能。エンジン推進のみの最大巡航速度は一六ノット。
※主・副推進を独立運用するため、それぞれに主操舵輪・副操舵輪が艦橋と司令塔に存在する。
※舷側装甲を三五センチに減らし、中甲板装甲を三〇センチに増加させた。
※長大な飛行甲板の確保と二基増えた缶室のスペース

確保のため、全長が六七メートル延長され、全体的にスマートになった。
※トップヘビー解消のため喫水が二メートル上げられた。
※飛行甲板の前後に四箇所の張り出し甲板が設置され、そこに露天係留するかたちで四機の艦上長距離双発偵察機『天雲』を確保した。

排水量　六万三二〇〇トン
全長　三三〇メートル（艦体長）／三二五メートル（飛行甲板長）
全幅　四八メートル（飛行甲板最大幅）／三九メートル（艦体幅）
喫水　一二・四メートル
ボイラー　ロ号艦本式缶／一八缶
主機　ギヤード・タービン／四基四軸
副機　艦本式二二号一二型ディーゼル／八基
出力　一八万馬力（主機）＋二万八〇〇〇馬力（副機）
速力　三二ノット（主＋副）／二九（主機のみ）／一六（副機のみ）
兵装　一二・七センチ五五口径連装高角砲
一〇基二〇門（両舷スポンソン）
一〇センチ五〇口径単装速射砲　八基八門（両舷艦体張り出し部）
三〇ミリ三連装機関砲　一八基五四門
一三・二ミリ単装機銃　八〇挺
装甲　舷側　三五センチテーパー
中甲板　三〇センチ
飛行甲板　三五ミリ鋼板（簡易装甲）
エレベーター　四基（前部から後部へ左右ジグザク型に配置）
張出し甲板　四基（艦橋前部・後部／横五メー

トル／縦一〇メートル）

※張出し甲板は『天雲』を甲板係留するため。
※飛行甲板最大幅は張出し甲板を含む。

大型二段格納庫

搭載　一式艦戦／零式艦爆／零式艦攻　一四四機
（零式双発長距離偵察機『天雲』四機を含む）

電探　零式二号二型対空電探
　　　零式二号一型水上電探

改装空母『金剛』型（昭和大改装型）

※山本構想により正規空母として大改装された。
※ボイラーは新型に変えられた。

同型艦　金剛／比叡／榛名／霧島

排水量　二万八五二〇トン
全長　二三三メートル
全幅　三二メートル
ボイラー　ロ号艦本式缶／一六缶
主機　ギヤード・タービン／四基四軸
出力　六万八〇〇〇馬力
速力　三〇ノット

兵装　一二・七センチ五五口径連装高角砲
　　　六基一二門
　　　一〇センチ五〇口径単装速射砲　六基
　　　六門
　　　三〇ミリ三装機関砲　八基二四門
　　　一三・二ミリ単装機銃　一〇挺

装甲　舷側　二〇センチ
　　　中甲板　二〇センチ
　　　飛行甲板　二〇ミリ鋼板（簡易装甲）

エレベーター　三基
二段格納庫
搭載　一式艦戦／零式艦爆／零式艦攻　八〇機

改装空母『加賀』型（昭和大改装型）

※海軍軍縮により建艦途中で放棄されていた戦艦愛宕／加賀は、スクラップ用としてモスボールされていた。それを空母に改装した。
※軍縮により赤城型（赤城／天城）は最初に正規空母へ改装されたが、そこで見いだされた欠点を解消した改良型となった。
※改装規模／スペックは赤城型に準じる。
※艦橋は赤城型を除き、すべて右舷設置となった。

同型艦　加賀／愛宕

排水量　三万八四〇〇トン
全長　二六五メートル
全幅　三三メートル
ボイラー　ロ号艦本式缶／一六缶
主機　ギヤード・タービン／四基四軸
出力　一三万三〇〇〇馬力
速力　三一ノット

兵装　一二センチ五五口径連装高角砲　六基一二門
一〇センチ五〇口径単装速射砲　八基八門
三〇ミリ三連装機関砲　一二基三六門
一三・三ミリ単装機銃　四〇挺

装甲　舷側　二〇センチ
中甲板　二〇センチ
飛行甲板　なし

エレベーター　三基
二段格納庫
搭載　一式艦戦／零式艦爆／零式艦攻　九五機

改装空母『赤城』型（昭和大改装型）

※史実の赤城／加賀とほぼ同じスペック。
※日本で最初の改装型正規空母となった。
※スペック一部省略

同型艦　赤城／天城
兵装　一二センチ五五口径連装高角砲　六基一二門
一〇センチ五〇口径単装速射砲　八基八門
三〇ミリ三連装機関砲　一二基三六門
一三・二ミリ単装機銃　四〇挺
二段格納庫
搭載　一式艦戦／零式艦爆／零式艦攻　九五機

長門型航空戦艦（昭和大改装型）

※山本構想に基づき航空戦艦として大改装された。
※艦体切断を実施し缶室追加と主機更新、艦体延長を行なった。
※大型バルジを追加。大和型と同様に、トップヘビー回避のため喫水が上げられた。
※戦艦大和なき後も連合艦隊総旗艦として活躍するため、新型の四〇センチ五〇口径砲に換装された。
※四番砲塔は後部飛行甲板設置のため撤去された。
※舷側砲は撤去。同位置を改装し単装高角速射砲二〇門を設置。

同型艦　長門／陸奥

排水量　四万一五〇〇トン
全長　二五六メートル
全幅　三四メートル
喫水　一〇・八メートル
ボイラー　ロ号艦本式缶／一八缶
主機　ギヤード・タービン／四基四軸
出力　九万二〇〇〇馬力
速力　二八ノット

兵装　主砲　四〇センチ五〇口径連装砲
三基六門
高角砲　一二センチ五五口径連装高角砲
一〇基二〇門
一〇センチ五〇口径単装速射砲
二〇門
三〇ミリ三装機関砲　八基二四門
一三・三ミリ単装機銃　三二挺

エレベーター　一基
舷側クレーン　二基（クレーンにて格納庫横より搬出入可能）
後部飛行甲板（着艦専用／制動ワイヤー三本装備／甲板長六〇メートル）
火薬式射出カタパルト六基
二段格納庫

※後部飛行甲板は着艦専用
※着艦が可能なため、水上機ではなく艦上機の運用が可能になった。

搭載　一式艦戦／零式艦爆／零式艦攻　三六機

伊勢型航空戦艦（昭和大改装型）

※航空戦艦として大改装された。

※改装に関しては長門型に準じる。
※ボイラーは新型に変えられた。

同型艦　伊勢／日向
排水量　三万四八〇〇トン
全長　二四二メートル
全幅　三三メートル
喫水　九・八メートル
ボイラー　ロ号艦本式缶／二八基
主機　ギヤード・タービン／四基四軸
出力　八万六〇〇〇馬力
速力　二七ノット
兵装　主砲　四〇センチ五〇口径連装砲
二基四門
高角砲　一二センチ五五口径連装高角砲
四基八門
一〇センチ五〇口径単装速射砲
一二門
三〇ミリ三連装機関砲　六基一八門
一三・三ミリ単装機銃　二六挺

エレベーター　一基
舷側クレーン　二基（クレーンにて格納庫横より搬出入可能）
後部飛行甲板（着艦専用／制動ワイヤー三本装備／甲板長五八メートル）
火薬式射出カタパルト四基
二段格納庫
搭載　一式艦戦／零式艦爆／零式艦攻　二四機

扶桑型航空戦艦（昭和大改装型）

※航空戦艦として大改装された。
※改装に関しては長門型に準じる。

※ボイラーは新型に変えられた。
※主砲は長門型のものを転用した。
同型艦　扶桑／山城

排水量　三万四九〇〇トン
全長　二四三メートル
全幅　三三メートル
喫水　九・八メートル
ボイラー　ロ号艦本式缶／二八基
主機　ギヤード・タービン／四基四軸
出力　八万六〇〇〇馬力
速力　二七ノット
兵装　主砲　四〇センチ四五口径連装砲　四基八門
高角砲　一二センチ五五口径連装高角砲　四基八門
一〇センチ五〇口径単装速射砲　一二門
三〇ミリ三連装機関砲　六基一八門
一三・三ミリ単装機銃　一二六挺
エレベーター　一基
舷側クレーン　二基（クレーンにて格納庫横より搬出入可能）
後部飛行甲板（着艦専用／制動ワイヤー三本装備／甲板長五六メートル）
火薬式射出カタパルト四基
二段格納庫
搭載　一式艦戦／零式艦爆／零式艦攻　二四機

正規空母『蒼龍』型

※各種戦艦の航空戦艦への改装にともない建艦中止。

正規空母『翔鶴』型

※日本で最初の大型正規空母として建艦された。
※スペックは史実通り（改良型は以下の通り）。
※改良型を含めて量産型設計のため飛行甲板は装甲なし。
※改良型は徹底した工期短縮と経費および資材接舷のため、戦時簡略設計となった。

同型　翔鶴／瑞鶴
改良型　大鶴／天鶴（開戦時就役済み）
　蒼鶴／紅鶴（建艦中）

※以下は改良型のスペック

排水量　二万二四〇〇トン
全長　二五八メートル
全幅　二八メートル
喫水　八・八メートル
主機　ギヤード・タービン／四基四軸
出力　一四万馬力
速力　三二ノット
兵装　高角砲　一二・七センチ五〇口径連装
　高角砲　八基一六門
　三〇ミリ三連装機関砲　一二基三六門
　一三・二ミリ単装機銃　四〇挺
エレベーター　三基
二段格納庫
搭載　一式艦戦／零式艦爆／零式艦攻　八四機

正規空母『越後』型

※空母最優先思想の定着により、戦艦用だった旧国名を空母用にも解禁された。
※大型空母の代替艦として計画された。

※全艦が簡易装甲空母となった。
※始めてクローズドバウが採用された。
※二段格納庫は火災阻止のため解放式となった。

同型艦　越後／薩摩（さつま）（建艦中）
　　　　土佐（とさ）／信濃（しなの）／甲斐（かい）／武蔵（予定）

排水量　二万九二〇〇トン
全長　二七〇メートル
全幅　三四メートル
ボイラー　ロ号艦本式缶／一四缶
主機　ギヤード・タービン／四基四軸
出力　一三万五〇〇〇馬力
速力　三二ノット

兵装　一二センチ五五口径連装高角砲　六基
　一二門
　一〇センチ五〇口径単装速射砲　八基
　八門
　三〇ミリ三連装機関砲　一二基三六門
　一三・三ミリ単装機銃　四〇挺

装甲　舷側　一五センチ＋複合装甲（水圧拡散構造）
　中甲板　二〇センチ
　飛行甲板　六センチ

エレベーター　三基
張り出し甲板　四ヵ所
二段格納庫
搭載　一式艦戦／零式艦爆／零式艦攻
　一〇〇機
　零式双発長距離偵察機『天雲』四機

改装空母『隼鷹』型

※隼鷹および飛鷹は元となった商船の型が違うものの、

可能な限り共通化された。
※艦体切断による缶室および機関の交換により、正規空母なみの性能となった。

同型　隼鷹／飛鷹

排水量　二万五四〇〇トン
全長　二四二メートル
全幅　二七メートル
喫水　八・二メートル
出力　一二万二〇〇〇馬力
速力　二九ノット
兵装　高角砲　一二・七センチ五〇口径連装
高角砲　六基一二門
三〇ミリ三連装機関砲　八基二四門
一三・二ミリ単装機銃　二〇挺
エレベーター　三基
二段格納庫
搭載　一式艦戦／零式艦爆／零式艦攻　六八機

軽空母『龍驤』改装型

※軽空母『龍驤』と『鳳翔』は、同型として運用するため大改装された。
※既存空母の統一運用思想により、可能な限り同型同性能に近づける改装が行なわれた。
※新たに右舷部へ舷側艦橋が設置され、前部艦橋は撤去され延長格納庫となった。
※機関強化と甲板延長により、かなり艦上機の運用が楽になった。

同型　龍驤／鳳翔
近似型　祥鳳／瑞鳳／龍鳳

排水量　一万二六〇〇トン

全長　二一〇メートル
全幅　一九・七メートル
喫水　七メートル
出力　六万八〇〇〇馬力
速力　二九ノット
兵装　高角砲　一二・七センチ四五口径連装
　　高角砲　六基一二門
　　三〇ミリ三連装機関砲　八基二四門
　　一三・三ミリ単装機銃　二〇挺
エレベーター　二基
二段格納庫
搭載　一式艦戦／零式艦爆／零式艦攻　四〇機
（補用六機）

軽空母『海鷹』改装型

※既存空母の統一運用思想により、可能な限り同型同性能に近づける改装が行なわれた。
※新たに右舷部へ舷側艦橋が設置され、前部艦橋は撤去され延長格納庫となった。

同型　海鷹／大鷹／雲鷹／沖鷹
近似型　神鷹
排水量　一万六八〇〇トン
全長　二〇〇メートル
全幅　二二メートル
喫水　八・二メートル
出力　六万八五〇〇馬力
速力　二七ノット
兵装　高角砲　一二・七センチ四五口径連装
　　高角砲　六基一二門
　　三〇ミリ三連装機関砲　八基二四門

一三・三ミリ単装機銃　一〇挺
エレベーター　二基
二段格納庫
搭載　一式艦戦／零式艦爆／零式艦攻　四六機
（補用六機）

軽空母『天燕』型

※既存軽空母の代替艦。
※戦時急造設計艦として計画された。
※民間造船所でブロックを建造し、のちに短期間で組み立てる工法を採用。
※質より大量生産を主目的としているため、性能は平凡。
※新工法のため艤装をふくめ四ヵ月で完成できる。

同型艦　天燕／海燕／蒼燕／黄燕／紅燕／白燕（建艦中）
黒燕／緑燕／春燕／夏燕／秋燕／冬燕（予定）
排水量　九八〇〇トン
全長　一七〇メートル
全幅　二一メートル
出力　六万二〇〇〇馬力
速力　二七ノット
兵装　高角砲　一二・七センチ四五口径連装
高角砲　四基一二門
三〇ミリ三連装機関砲　四基一二門
一三・三ミリ単装機銃　一二挺
エレベーター　二基
二段格納庫
搭載　一式艦戦／零式艦爆／零式艦攻　三八機
（補用八機）

改装母艦『千代田』型

※水上機母艦として建艦された千代田型を、水上戦爆機運用のため大幅改装した。
※丸三計画による『日進』も千代田型に準じて改装された。
※二段格納庫を有するため、見た目は軽空母。しかし甲板上に一〇基の射出カタパルトがあるため、艦上機の運用は不可。

千代田型　千代田／千歳（就役済み）
日進型　日進／春日／出雲／磐手（就役済み）

排水量　一万一四〇〇トン
全長　一八二メートル
全幅　二二・五メートル
喫水　七・六メートル
出力　七万二〇〇〇馬力
速力　二七ノット

兵装　高角砲　一二・七センチ四五口径連装
　高角砲　四基八門
　三〇ミリ三連装機関砲　四基一二門
　一三・二ミリ単装機銃　一〇挺
エレベーター　二基
二段格納庫
火薬式射出カタパルト　一〇基
搭載　一式水上戦爆機『戦風』　三六機（補用六機）

航空重巡『青葉』型

※山本五十六の機動連合艦隊思想により、重巡全艦も航空重巡化が断行された。
※改装は航空戦艦に準じて行なわれたが、艦体延長と機関強化は見送られた。
※重巡／軽巡の後部甲板は射出のための移動路に使用

することと、直下にある格納庫の容量を増やすため。
したがって着艦は不可。水上戦爆機の収容はクレーンにて行なう。

同型　青葉／衣笠／古鷹／加古

排水量　九四〇〇トン
全長　一九〇メートル（後部甲板長　三七メートル）
全幅　一八・二メートル
喫水　六メートル
出力　一三万馬力
速力　三二ノット
兵装　二〇・三センチ五〇口径連装両用砲
二基四門
一二・七センチ五〇口径連装高角砲
二基四門（後部甲板左右）
一二・七センチ五〇口径単装高角砲
四門
三〇ミリ三連装機関砲　四基一二門
一三・三ミリ単装機銃　一〇挺
後部エレベーター　一基
火薬式射出カタパルト　六基
一段格納庫
搭載　一式水上戦爆機『戦風』　一八機

航空重巡『妙高』型

※火力温存のため前部主砲三基は温存された。
※他は青葉型に準じる。

同型　妙高／那智／足利／羽黒
近似型　高雄／愛宕／摩耶／鳥海
最上／三隈／鈴谷／熊野

排水量　一万三四〇〇トン
全長　二一〇メートル（後部甲板長　四〇メートル）
全幅　二一・二メートル
喫水　六・五メートル
出力　一三万六〇〇〇馬力
速力　三三ノット
兵装　二〇・三センチ五〇口径連装両用砲
三基六門
一二・七センチ五〇口径連装高角砲
二基四門（後部飛行甲板左右）
一二・七センチ五〇口径単装高角砲
八門
三〇ミリ三連装機関砲　四基一二門
一三・二ミリ単装機銃　一〇挺
魚雷発射管　なし
後部エレベーター　一基
火薬式射出カタパルト　六基
一段格納庫
搭載　一式水上戦爆機『戦風』　二〇機

航空重巡『利根』型

※最新型の利根型も改装されて航空重巡となった。
※排水量が小さいため、独立した型となったが、搭載数は同一となった。

排水量　八八〇〇トン
全長　二〇〇メートル（後部飛行甲板長　四〇メートル）
全幅　一九・八メートル
喫水　六・二メートル
出力　一五万二〇〇〇馬力
速力　三四ノット

兵装　二〇・三センチ五〇口径連装両用砲
三基六門
一二・七センチ五〇口径連装高角砲
二基四門（後部飛行甲板左右）
一二・七センチ五〇口径単装高角砲
四門
三〇ミリ三連装機関砲　四基一二門
一三・三ミリ単装機銃　一〇挺
後部エレベーター　一基
火薬式射出カタパルト　六基
一段格納庫
搭載　一式水上戦爆機『戦風』　一〇機

航空軽巡『天龍』型

※小型軽巡のため搭載数は少なくなったが、中央部の魚雷発射管二基は健在。
※爆雷投射機は後部左右へ移動となった。

同型　天龍／龍田
排水量　四八〇〇トン
全長　一四四メートル（後部甲板長　三三メートル）
全幅　一三・二メートル
出力　五万九八〇〇馬力
速力　三四ノット
兵装　一五センチ五〇口径単装両用砲　二門
一〇センチ四五口径連装高角砲　二基四門（後部甲板左右）
八センチ四〇口径単装高角砲　二門
三〇ミリ三連装機関砲　二基六門
一三・二ミリ単装機銃　八挺
魚雷発射管　三連装　二基六門
爆雷投射機　後部甲板左右　二基

九六式機雷　五六個

※一五センチ五〇口径単装両用砲

新型の零式両用砲。軽巡改装にともない設置された。

後部エレベーター　一基

火薬式射出カタパルト　四基

一段格納庫

搭載　一式水上戦爆機『戦風』　一〇機

航空軽巡『大井』型

※大井型と長良型は、統一運用思想により近似型に改装された。

※航空軽巡であると同時に重水雷艦の機能も有している。

同型　大井／北上（きたかみ）

近似型　長良／名取／由良／鬼怒／阿武隈（あぶくま）

排水量　七四二〇トン

全長　一五二メートル（後部飛行甲板長三四メートル）

全幅　一四・二メートル

出力　九万馬力

速力　三四ノット

兵装　一五センチ五〇口径単装両用砲　四門

一〇センチ四五口径連装高角砲　二基四門（後部甲板左右）

三〇ミリ三連装機関砲　二基六門

一三・二ミリ単装機銃　八挺

魚雷発射管　四連装　八基三二門

後部エレベーター　一基

火薬式射出カタパルト　四基
一段格納庫
搭載　一式水上戦爆機『戦風』　一四機

航空軽巡『川内』型

※川内型／球磨型／五十鈴型は、機動部隊直衛艦とするため対空軽巡仕様となった。

同型　川内／神通／那珂
近似型　球磨／多摩／木曽
　五十鈴
排水量　七五四〇トン
全長　一五四メートル（後部飛行甲板長
　三六メートル）
全幅　一四・二メートル
出力　九万馬力
速力　三四ノット
兵装　一五センチ五〇口径単装両用砲　四門
　一〇センチ四五口径連装高角砲　二基
　四門（後部甲板左右）
　八センチ四〇口径高角砲　六門
　三〇ミリ三連装機関砲　六基一八門
　一三・二ミリ単装機銃　一四挺
後部エレベーター　一基
火薬式射出カタパルト　四基
一段格納庫
搭載　一式水上戦爆機『戦風』　一六機

航空軽巡『夕張改』型

※夕張型として設計された艦だが、建艦前から航空軽巡化が実施された。
※最初から航空軽巡として設計されているため排水量に比して搭載数が多い。

※戦時量産艦として設計されたため、安価／資源節約／工期短縮に特化された。
※水雷／対空双方に戦力を振った汎用艦となった。

同型　夕張／筑後（開戦直後に就役）
　　　吉野（よしの）／物部（もののべ）／有田（ありた）／狩野（かの）（建艦中）
　　　酒匂（さかわ）／江戸（えど）／雄物（おもの）／十勝（とかち）（予定）

排水量　四五五〇トン
全長　一四三メートル（後部飛行甲板長三三メートル）
全幅　一四・二メートル（後部甲板幅）
出力　六万一〇〇〇馬力
速力　三四ノット
兵装　一五センチ五〇口径連装両用砲　二基四門
　　　一〇センチ四五口径単装高角砲　四門（後部甲板左右）
　　　三〇ミリ三連装機関砲　四基一二門
　　　一三・二ミリ単装機銃　一二挺
　　　魚雷発射管　四連装　四基一六門
　　　爆雷投射機　後部甲板左右　二基
　　　九六式機雷　五六個
　　　後部エレベーター　一基
　　　火薬式射出カタパルト　四基
　　　一段格納庫
搭載　一式水上戦爆機『戦風』　一二機

汎用航空軽巡『矢部』型

※超小型のため既存駆逐艦を一回り大きくした程度になった。
※開戦直前に汎用軽巡の新規増産が決定した。
※開戦により不足する軽巡を補充するためのもの。
※駆逐艦なみの超小型・超短期完成・資源と労力の超

節約を徹底した。

同型　矢部／菱田／西別（にしべつ）／釧路（くしろ）（開戦直後に就役）
（建艦中）
（予定）

排水量　三八〇〇トン
全長　一三二メートル（後部飛行甲板長
三二メートル）
全幅　一四・二メートル（後部甲板幅）
出力　五万二〇〇〇馬力
速力　三二ノット

兵装　一五センチ四五口径単装両用砲　三門
一〇センチ四五口径単装高角砲　四門
（後部甲板左右）
三〇ミリ三連装機関砲　四基一二門
一三・二ミリ単装機銃　一〇挺

魚雷発射管　四連装　二基八門
後部エレベーター　一基
火薬式射出カタパルト　二基
一段格納庫
搭載　一式水上戦爆機『戦風』　一〇機

航空駆逐艦『陽炎』型・その他の既存艦

※駆逐艦は全艦が航空駆逐艦に改装された。
※艦種統合改装により、既存艦は対潜航空駆逐艦／対空航空駆逐艦／水雷航空駆逐艦の三種に分類されるようになった。

水雷航空駆逐艦
陽炎（かげろう）型　不知火／黒潮／親潮／早潮／夏潮／初風／
雪風／天津風／時津風
夕雲（ゆうぐも）型　巻雲／風雲／長波／巻波／高波／清波／
玉波／涼波（すずなみ）／藤波／早波／濱波／沖波／

岸波（きしなみ）／朝霜／早霜／秋霜／清霜

対空航空駆逐艦
秋月型　秋月／照月／涼月／初月／新月／若月／
霜月／冬月／春月
宵月／夏月／花月

対潜航空駆逐艦
吹雪（ふぶき）型　白雪（しらゆき）／初雪（はつゆき）／深雪（みゆき）／叢雲（むらくも）／東雲（しののめ）／薄雲（うすぐも）／
白雲（しらくも）／磯波（いそなみ）／浦波（うらなみ）／綾波（あやなみ）
敷波／朝霧／夕霧／天霧／朧／曙／漣／
潮／暁（あかつき）／響（ひびき）／雷（いかづち）／電（いなづま）

共通スペック
カタパルト二基／一段格納庫／水戦爆四機
一二・七センチ連装両用砲・前部二基四門

水雷航空駆逐艦　四連装魚雷発射管　三基一二門

一〇センチ四五口径連装高角砲　二基四門
二五センチ単装機関砲　二門
一三・三ミリ単装機銃　六挺

対空航空駆逐艦
一〇センチ四五口径連装高角砲　二基四門
八センチ単装高角砲　四門
二五ミリ単装機関砲　八門
一三・三ミリ単装機銃　八挺

対潜航空駆逐艦
爆雷投射機　後部甲板左右　二基
九六式機雷　四〇個
一〇センチ四五口径連装高角砲　二基四門
三連装魚雷発射管　二基六門
二五ミリ単装機関砲　二門
一三・三ミリ単装機銃　六挺

新型航空駆逐艦（甲型）

※開戦前に就役／建艦された新造駆逐艦は、最初から三種の航空駆逐艦として設計された。
※物資や資金・労力の欠乏、期間の短縮が必要となってくると想定されたため、性能を落としても可能な限り安価かつ短期間で量産できる駆逐艦が設計された。
※すべてを集約するため、各種駆逐艦ごとにひとつの型のみとなった。
※新造駆逐艦は、二基のカタパルト／一段格納庫／六機の水上戦爆機を運用可能。
※後部甲板にエレベータはない。格納庫左右に張り出ている格納庫デッキを使い、クレーンで甲板に上げ、カタパルト上にいる二機を射出したのち、クレーンでカタパルトに設置される。
※対潜航空駆逐艦は、海上護衛総隊の護衛船団旗艦としても配備される（指揮下には海防艦と輸送船団が入る）。水上戦爆機が運用可能なため、航空爆雷による敵潜駆逐が期待されている。

水雷航空駆逐艦　水雷戦隊の主力となるよう特化された。
対空航空駆逐艦　機動艦隊直衛艦として特化された。
対潜航空駆逐艦　対潜駆逐隊の主力／船団護衛の旗艦として特化された。

同型艦
水雷航空駆逐艦　鯱型　〇一～二〇（就役）／二一～四〇（予定）
対空航空駆逐艦　天型　〇一～二〇（就役）／二一～四〇（予定）
対潜航空駆逐艦　灘型　〇一～三〇（就役）／三一～六〇（予定）

共通　カタパルト二基／一段格納庫／水戦爆六機

鯱型　一四四〇トン／全長一一〇メートル／
三三ノット
一二・七センチ四五口径単装両用砲　二門
二五ミリ単装機関砲　四門
一三・二ミリ単装機銃　四挺
六一センチ四連装魚雷発射管　三基一二門

天型　一一八〇トン／全長九六メートル／
三二ノット
一〇センチ四五口径連装両用砲　三基六門
二五ミリ連装機関砲　四基八門
一三・二ミリ単装機銃　六挺

灘型　一二二〇トン／全長一〇〇メートル／
三〇ノット
一〇センチ四五口径単装両用砲　二門
二五ミリ単装機関砲　四門
一三・二ミリ単装機銃　四挺
三連装魚雷発射管　二基六門
爆雷投射機　後部甲板左右　二基　零式機雷
四〇個

新型航空駆逐艦『護』型（乙型）

※サイズ的に一〇〇〇トンを切り超小型駆逐艦となった。
※駆逐艦の重要増大にともない、超短期かつ民間造船所でも建艦可能な汎用駆逐艦が設計された。
※海防艦なみの超小型・超短期完成・資源と労力の超節約を徹底した。
※開戦直前から就航しはじめ、現在も増産中。
※汎用のため種別はなく単一型となった。
※艦隊用だけでなく海上護衛総隊にも上位海防艦として配属される予定。
※超小型かつ促成艦のため格納庫はない。
同型艦　護　〇一～三〇（就役）

護　三一～五〇（建艦中）
護　五一～八〇（予定）

排水量　九四〇トン
全長　九六メートル
速度　三三ノット
一二・七センチ四五口径単装両用砲　一門
二五ミリ単装機関砲　四門
一三・三ミリ単装機銃　四挺
六一センチ三連装魚雷発射管　二基六門
爆雷投射機　艦尾　一基　零式機雷　三〇個
火薬式射出カタパルト　二基
格納庫　なし
搭載　一式水上戦爆機『戦風』　二機

潜水艦全般

※既存の航空潜水艦は偵察用途で継続使用。
※新規の航空潜水艦建造は全面中止。
※航洋型潜水艦は予定通り建艦。
※潜水艇は建艦・計画中止。ロ号潜は増産。

一式艦上戦闘機『疾風（はやて）』

※それまでの主力艦戦だった九六式艦戦に代わる画期的な艦上戦闘機。
※設計段階で威力が劣る七・七ミリを撤廃し、両翼に一二・七ミリ四挺を設置した。
※山本構想による第一撃を担うのが一式艦戦で第二撃が一式水戦爆のため、射たれ強い機体が求められた。

設計　三菱飛行機
製造　三菱／中島飛行機
全長　九・三メートル
全幅　一二・二メートル
自重　一八九〇キロ
エンジン　火星一三型

出力　一四六〇馬力
最高速度　五七五キロ
航続距離　二三〇〇キロ
武装　一式一二・七ミリ機銃　四挺（両翼）
爆装　なし
乗員　一名

零式艦上爆撃機『極星』

※五〇〇キロ徹甲爆弾を搭載し急降下爆撃を可能とする機体として設計された。

設計　愛知飛行機
製造　愛知飛行機
全長　一〇・二メートル
全幅　一四メートル
自重　二七五〇キロ
エンジン　火星二四型改
出力　一五八〇馬力
最高速度　爆装時五一〇キロ／爆装なし五四〇キロ
航続距離　爆装時一八〇〇キロ／爆装なし二四〇〇キロ
武装　一式一二・七ミリ機銃　二挺（両翼）
零式九・二ミリ機銃　一挺（後部座席）
爆装　五〇〇キロ徹甲爆弾
乗員　二名

零式艦上攻撃機『雷山』

※設計的には零式艦爆と兄弟機。エンジンは別。
※八〇〇キロ航空魚雷を極低空から投下可能にするため設計された。

設計　愛知飛行機
製造　空技廠／愛知飛行機
全長　一〇・三メートル
全幅　一四・五メートル
自重　二九二〇キロ

エンジン　火星二五型
　出力　一八五〇馬力
最高速度　爆雷装時五〇〇キロ／爆雷装なし五四〇キロ
航続距離　爆雷装時一八〇〇キロ／爆雷装なし二四〇〇キロ
　武装　一式一二・七ミリ機銃　二挺（両翼）
　　　　零式九・二ミリ機銃　一挺（後部座席）
　爆装　八〇〇キロ航空魚雷もしくは八〇〇キロ爆弾
　乗員　二名

零式双発長距離偵察機『天雲』

※海軍零式陸上攻撃機『大河』の機体を流用した艦上双発偵察機。
※長距離飛行と高速偵察に特化した。

　設計　空技廠
　製造　空技廠
　全長　一三メートル
　全幅　一六・五メートル（翼折りたたみ時九メートル）
　自重　四四五〇キロ
エンジン　火星二四型　二基
　出力　合計三〇〇〇馬力
最高速度　六八五キロ
航続距離　四二〇〇キロ
　武装　なし
　爆装　なし
　乗員　三名

一式水上戦闘爆撃機『戦風（せんぷう）』

※二五〇キロ徹甲爆弾を搭載可能とするため、艦載水上機としては大型となったが、折りたたみ式主翼の採用により格納スペースは良好となった。
※単翼水上機のため運動性能は良い。

※設計思想としては、最新型の一式艦上戦闘機『疾風（はやて）』には及ばないものの、爆装なしの状態では九六式艦戦に匹敵する戦闘性能を持たせることを最優先にした。
※格納庫から射出カタパルトまではエレベーターと牽引レールによって移動する。
※五〇度までの緩降下爆撃を可能とする。
※爆装なし状態では戦闘偵察機として活用可能。

設計　空技廠
製造　川西飛行機
全長　一〇・六メートル
全幅　一三・八メートル
自重　二八九〇キロ
エンジン　火星二四型
出力　一五〇〇馬力
最高速度　四七〇キロ／四二〇キロ（爆装時）
航続距離　爆装　二二〇〇キロ／爆装なし　三三〇〇キロ
武装　一式一二・七ミリ機銃　二挺（両翼）
零式九・二ミリ機銃　一挺（後部座席）
爆装　二五〇キロ徹甲爆弾
乗員　二名

合衆国海軍艦船諸元

戦艦モンタナ級

※日本海軍の大和型戦艦の情報に基づき、一九三六年に計画・一九三七年より建艦が始まった。
※大和級の情報が｛四〇センチ四五口径砲：傍点｝だったため、モンタナ級は四〇センチ五〇口径となった。
※世界最大・最強・最速の戦艦となった。
※モンタナ級が承認されたため、アイオワ級は廃案となった。

同型艦　モンタナ／オハイオ（就役）
　メイン／ニューハンプシャー／ルイジアナ
　（建艦中）

排水量　六万三〇〇〇トン
全長　二八二メートル
全幅　三六・七メートル
主機　ギヤード・タービン／四基四軸
出力　一七万二〇〇〇馬力
速力　二八ノット

兵装　主砲　四〇センチ五〇口径三連装砲
　　四基一二門
　両用砲　一二・七センチ五四口径砲
　　二〇門
　機関砲　四〇ミリ四連装　八基三二門
　　二〇ミリ単装　二〇門

装甲　舷側　四〇・九センチ傾斜装甲
　司令塔　四五・七センチ
　甲板　一五・七センチ

カタパルト　二基
　水上機　三機

■極大空母大和の概念図（下図は艦体延長済）

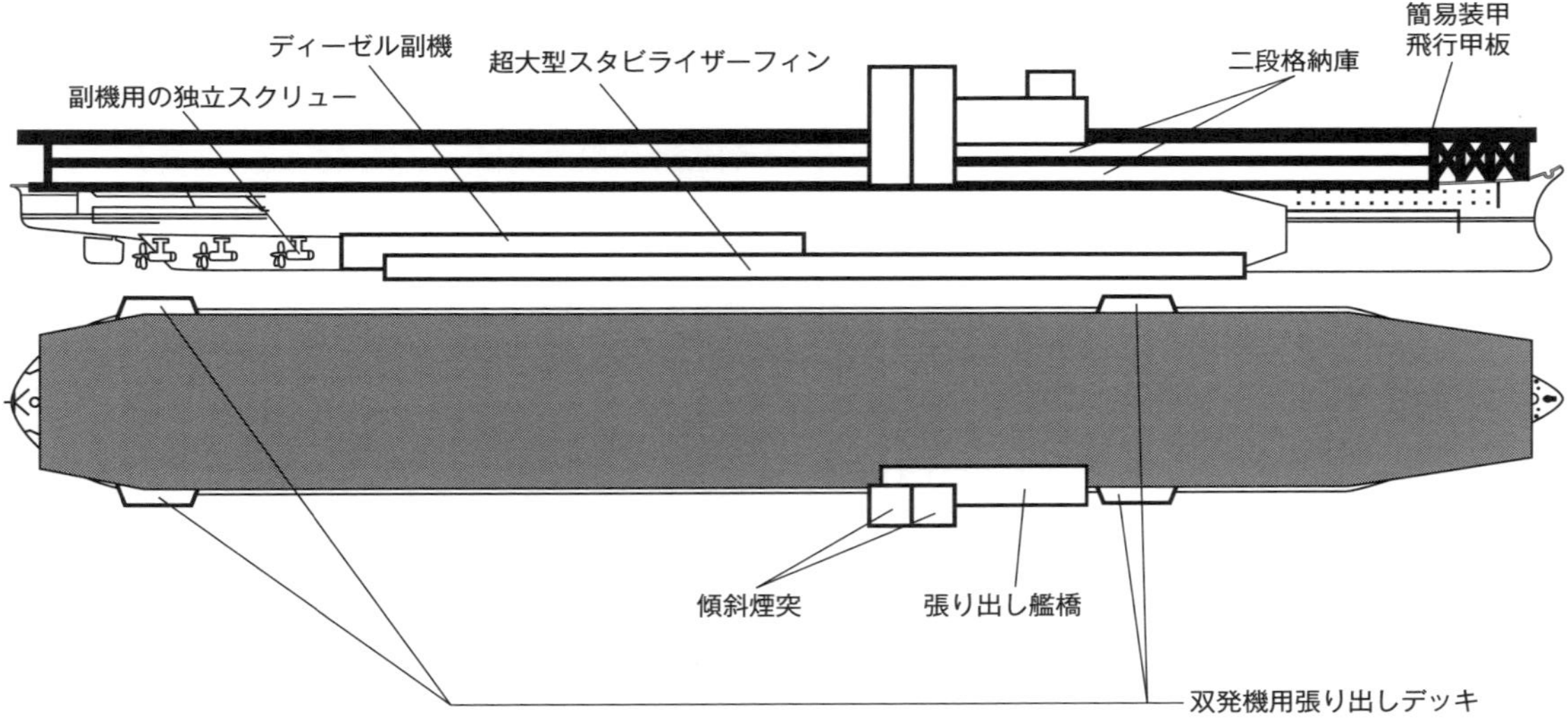

ディーゼル副機
超大型スタビライザーフィン
副機用の独立スクリュー
二段格納庫
簡易装甲
飛行甲板
傾斜煙突
張り出し艦橋
双発機用張り出しデッキ

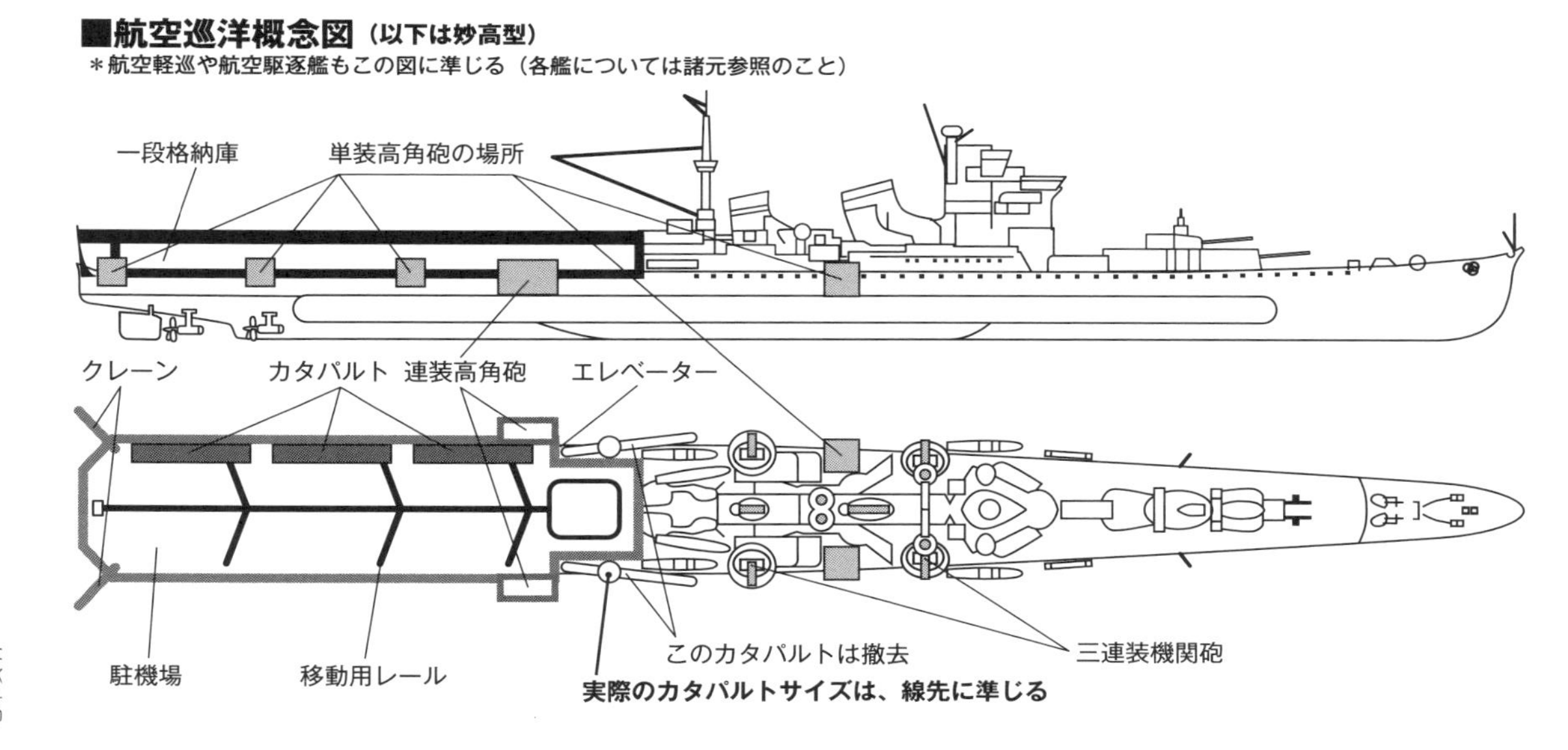
■航空巡洋概念図（以下は妙高型）
＊航空軽巡や航空駆逐艦もこの図に準じる（各艦については諸元参照のこと）
一段格納庫
単装高角砲の場所
クレーン
カタパルト
連装高角砲
エレベーター
駐機場
移動用レール
このカタパルトは撤去
三連装機関砲
実際のカタパルトサイズは、線先に準じる

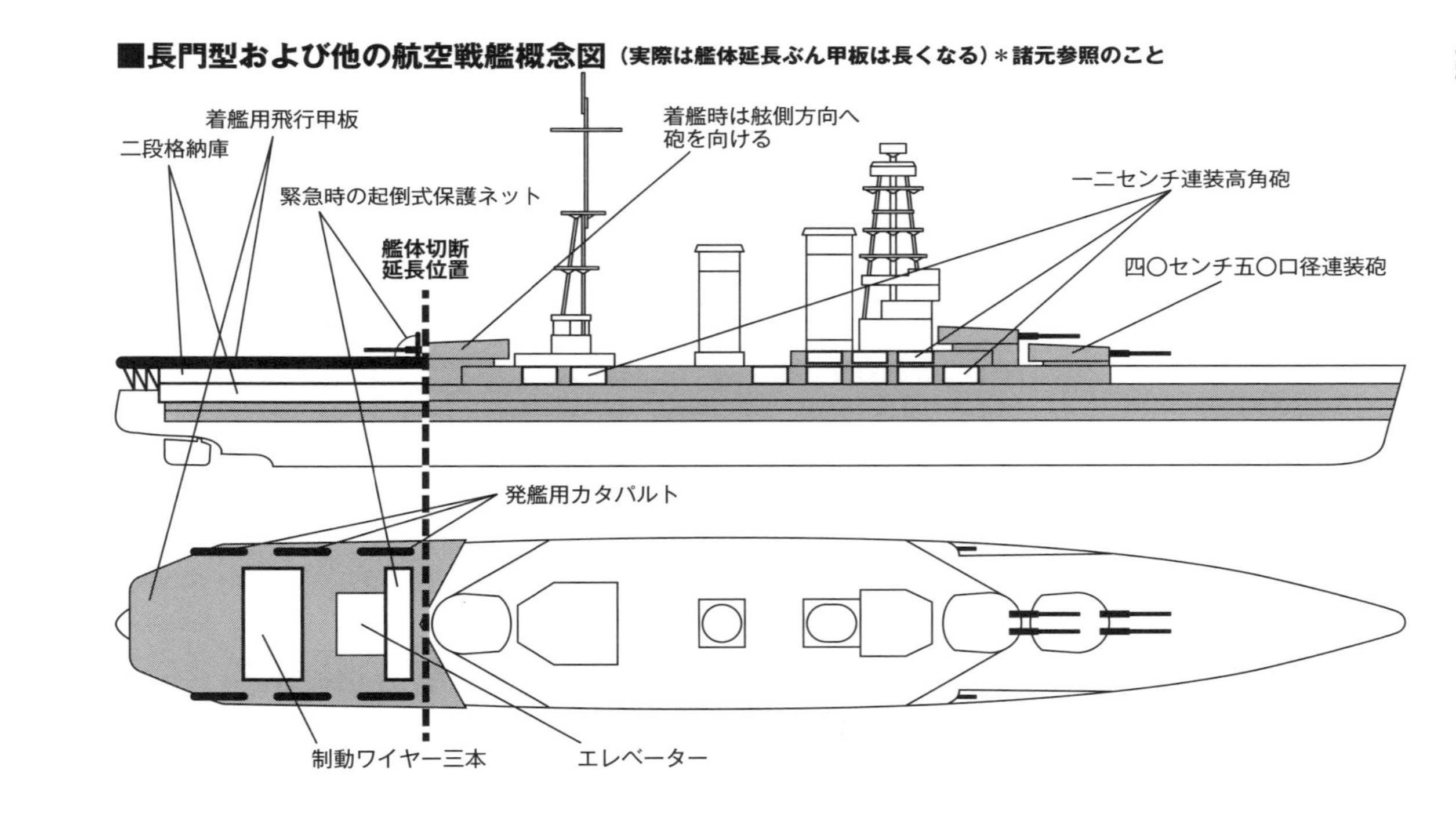
■長門型および他の航空戦艦概念図（実際は艦体延長ぶん甲板は長くなる）＊諸元参照のこと
着艦用飛行甲板
二段格納庫
緊急時の起倒式保護ネット
艦体切断
延長位置
着艦時は舷側方向へ
砲を向ける
一二センチ連装高角砲
四〇センチ五〇口径連装砲
発艦用カタパルト
制動ワイヤー三本
エレベーター

VICTORY NOVELS ヴィクトリー ノベルス

極大空母「大和」（1）

帝国機動連合艦隊

2024年5月25日　初版発行

著　者　　羅門祐人
発行人　　杉原葉子
発行所　　株式会社 電波社
〒154-0002　東京都世田谷区下馬6-15-4
TEL. 03-3418-4620
FAX. 03-3421-7170
https://www.rc-tech.co.jp/
振替　　00130-8-76758

印刷・製本　中央精版印刷株式会社

ISBN978-4-86490-260-1 C0293

装甲空母大国
1 大鳳型を量産せよ！
原　俊雄
ヴィクトリーノベルス戦記シミュレーション・シリーズ
電波社
ミッドウェイの仇討ちを果たせ！
装甲空母「大鳳」「白鳳」「翔鶴」!!
逆襲の精鋭空母艦隊！